U0807535

当代作家作品精选·散文卷

一城烟雨

江寒雪 著

中国画报出版社·北京

图书在版编目 (CIP) 数据

一城烟雨 / 江寒雪著 . -- 北京 : 中国画报出版社 ,
2024. 11. -- ISBN 978-7-5146-2445-8

Ⅰ . I267

中国国家版本馆 CIP 数据核字第 2024E1K469 号

一城烟雨

江寒雪　著

出 版 人：方允仲
责任编辑：田朝然
责任印制：焦　洋

出版发行：中国画报出版社
地　　址：中国北京市海淀区车公庄西路 33 号　邮编：100048
发 行 部：010-88417418　010-68414683（传真）
总编室兼传真：010-88417359　版权部：010-88417359

开　　本：16 开（710mm × 1000mm）
印　　张：12.5
字　　数：160 千字
版　　次：2024 年 11 月第 1 版　2024 年 11 月第 1 次印刷
印　　刷：三河市中晟雅豪印务有限公司
书　　号：ISBN 978-7-5146-2445-8
定　　价：59.80 元

徜徉于吴文化的天地间（代序）

总觉得，自己从来都徜徉于吴文化的天地间，浸润于吴文化的气息里。

生于吴地，长于吴地，工作生活于吴地，可以说，我是终身都沐浴在浓浓的吴文化气息中。我出生于无锡东南部农村。那里是典型的江南水乡，河网密布，田畴纵横，低矮的小山丘点缀其间。我所在的那个名叫施方园的小村庄，向东是鸿声乡，往西为梅村乡，朝南则是我们村所在的行政管辖地硕放乡了。这是个名副其实的“鸡鸣三乡”之地。

小时候，每到清明节，乡民们一大早便会带着青团子、白团子，荤素小菜与黄酒，以及香烛之类的，各自去往村前屋后的自家坟地里祭扫祖先与亡故的亲人。之后，也不急着回家，而是又纷纷赶往东北面三里地开外的一座小丘去赶集，所谓“游鸿山”。后来才知道，这“鸿山”虽是个名不见经传的小山丘，却因梁鸿孟光举案齐眉的故事而得名，是大有来头的。三十多米高的山头上，还有一个规模很大的坟地，青石圈垒起一座高高大大的坟头，边上矗立着一个粗壮的石柱，柱上镌刻着一行大字，字迹已是漫漶不清。四周全是松柏与竹林，郁郁森森的，颇有几分庄严肃穆的氛围。附近的乡民们来到鸿山，大都先要到这儿来磕上几个头，然后才会到山下的集市上去游逛。年少无知的我，当时并不知道这坟茔里长眠着的是什么人，只是听大人们称之为“皇坟”。回到村小问老师，老师告诉我，这“皇坟”便是江南始祖泰伯的坟茔；并说，在梅村镇上，还有一座专门祭祀泰伯的庙宇泰伯庙。

受好奇心驱使，星期天的时候，我和村上的几个小伙伴，便特地赶往梅村镇上去寻找泰伯庙。那庙宇坐落于一所中学的南围墙外，黄墙黑瓦，两扇漆色斑驳的暗红色大门紧闭着。趁人不注意，我们几个便翻越围墙溜了进去。墙内就一个不大的院落，杂草丛生。坐北朝南三间屋子，正中一间的门虚掩着。推门进去，屋子正中端坐着一尊神像，红脸灰身，手脚均呈浅黄色；其头顶的房梁下、面前的香案前缠满了蜘蛛网，落满了厚厚的灰尘，显然已是废弃好久了。想来，这神像应该就是江南始祖泰伯了。只是与鸿山的“皇坟”相比，这儿也太过冷清落寞了吧？离开的时候，我们这群孩子都不无遗憾地想。

后来上大学，读师范，所在地就在离老家不远处的常熟县城。“十里青山半入城”，常熟古称海虞，这十里青山便是虞山。而虞山得名于江南始祖泰伯的弟弟虞仲。西周初年，泰伯与虞仲为了成全其父亲古公亶父欲将王位传给小儿子季历的愿望，兄弟俩断发文身而奔吴，正式开启了吴地的文明史。而他们兄弟俩最早的落脚地便是梅村，当年被称为梅里。他们在那里构筑梅里城，开挖伯渎河，种植水稻桑田，正式结束了这方荒蛮之地的刀耕火种的生活。至于迁徙到现在的苏州城所在的地方，相土尝水而建筑阖闾大城，那是很多年以后的事了。死后，泰伯葬于鸿山，而虞仲葬于虞山。当年我们的大学就在虞山脚下，每天清晨或傍晚，我们时常要去爬山。山上草木葱茏，古迹累累，山里长眠着孔子唯一的江南弟子、被后人尊称为江南夫子的言子。至今都记得，言子墓规模宏大，古意盎然的石牌楼上，镌刻有“道启东南”四个篆体大字。那时候，我们每年的春秋两季，都有那么几天必定要到学校所创办的农场去劳动，这农场就在著名的尚湖边。而尚湖的得名据说源于姜太公姜尚，至今，还留有传说中的姜太公钓台遗址。

大学毕业，我又辗转工作于从阳澄湖畔到太湖之滨的几所乡村中学之间。因而又结识了诸如春申湖、黄浦江、黄埭之类的与春申君黄歇有关的水名与地名。翻阅地方志方知，春秋战国时期的数百年间，越灭吴，楚又灭越，吴地终于成为春申君黄歇的封地。这位春申君刚到吴地的时候，阖闾大城早已于连年不断的战火中塌圮，于是他重建大城，疏浚河道，兴办农桑，让百姓休养生息，终于使吴地重新成为百姓安居乐业的所在。吴地百姓感念其恩泽，将其供奉为城隍，作为永久的纪念。

自进城以来的二十余年间，吴文化的气息更是如须臾不离的空气般伴随着我。苏州园林，苏州评弹，苏绣艺术，苏派玉作；吴门画派，吴门医派，香山匠人；苏式菜肴，苏式点心，苏式茶艺……还有那些散布于大街小巷的名人故居，深藏于郊外山水间的风景名胜，以及林林总总的吴地所特有的山珍湖鲜与风味食品。可以毫不夸张地说，有着两千五百多年悠久历史的苏州，整个儿的就是吴文化的堆积！徜徉其间，简直让人如痴如醉。

而这份厚重文化背后的人文故事与传说，或跌宕起伏，或荡气回肠，或凄婉动人。于是，便萌发了我欲将其诉诸文字的念头。写着写着，便一发而不可收，终于蔚然成为这部十余万字的文稿。

江寒雪

2020 年 12 月 24 日于姑苏隐市居

目　录

南国的启明星

公元前 442 年一个深秋的午后，海虞县（常熟）虞山南麓，尚湖水滨。

六十二岁的言偃伫立于自家院落前，任渐透凉意的秋风轻抚他花白的长须。眼前是沧茫一片波光粼粼的尚湖秋水，水的尽头翻滚着一望无际的金色稻浪。他的身后则是喧响着竹音松涛之声的巍峨虞山。山因人名，山里长眠着江南始祖之一的虞仲；水以人著，水边留有前朝贤士姜尚的钓鱼石台。

也许是秋日的阳光过于透亮，也许是自己业已老眼昏花，言偃举起双手搭于眉际，极目远眺，想望见尚湖水面上是否有一叶扁舟翩然而至；可除了涌动的白浪与低空盘旋的水鸟，他一无所见。子羽，你怎么还不来呢？他喃喃自语道。回答他的是满眼摇曳的芦花间，那一声声哗哗的尚湖水的喧响声。

失望之余，言偃徐徐转身返回自家院落，似乎有点支撑不住日渐老迈的身躯。他一手扶着门框，喘了一口气；然后，拄起刚才出门时扔在门口的一条藤杖，弯腰曲背，穿过狭长的院子，朝里面的西厢房走去。西厢房里席地而坐着十多个十一二岁光景的孩子，全都面朝南窗，轻声诵读着《尚书》或《诗经》。孩子们个个全神贯注，即便是他们的先生进来也没有发觉。这是言偃去年春天新授的弟子，按计划明年应该学成结业了。望着这些勤勉刻苦的孩子，他的心头不由得掠过一阵欣喜，刚才在湖边苦盼子羽而不得的惆怅之情也似乎一扫而空了。

言偃悄无声息地走到弟子们前面，靠着藤杖的支撑，将身子慢慢地往下移动，终于席地坐定，然后眯起双眼，一脸自得地欣赏起眼前的这些孩子来。看着看着，他的思绪穿越时空，眼前仿佛出现了五十年前的景象。

那年盛夏的一个午后，他和村上的一大群小伙伴正在尚湖边野浴嬉戏打水仗。面前，被毒辣辣的日头映照着的，是闪烁着炫目白光的平滑无波的水面。身后，湖岸的大道边，被丝绦般垂柳掩映着的，是一望无际的绿油油的水稻田。仰望头顶，长空澄碧如洗，白云悠闲飘荡。天地间一派原生态的明澈和静美，惟有孩子们的叫闹声、拍水声，还有岸边树上蝉儿时断时续的嘶鸣声，偶尔能打破这派宁静。突然间，机灵的言偃似乎听到岸上传来了一阵熟悉的笃笃笃的声响，凭直觉，他知道这是马车的声音，因为三年前他和父母兄妹就是一路听着这样的声音，从战事纷扰的北方回到这虞山脚下的家乡的。于是，言偃一个纵身从水中跃起，一溜烟奔到路边想要一看究竟。其他的孩子也好奇地蹿出水面尾随过去。不一会儿，在一堆乡野蒙童的簇拥下，一辆马车稳稳停下。旋即，从车中走出了一位身材魁梧满脸慈祥的老者。这当儿，仿佛鬼使神差一般，言偃扑通一下跪倒在老者面前，双手合十，大声叫道："拜见夫子！"面对眼前这个孩子突如其来的举动，老者又惊又喜，急忙俯下身子，把孩子搂到怀里，摸着他可爱的小脑袋，问长问短地交谈起来。

从此，这位老者便把言偃收为弟子。从此，言偃便成为这位老者唯一的江南弟子。

而这位老者，就是带着一群弟子周游列国而至吴地的孔老夫子！

天色已晚，该歇课了。门外，夫人的提醒把言偃的思绪从遥远时光的烟尘中拉回。

言偃站起身，陆续把弟子们送走，即又返回西厢房，就着幽暗的烛光，仔细端详起墙上自己亲手画的恩师孔夫子的图像来。遥想自己当年追随恩师游学鲁国，学成后又羁旅当地任武城县宰（县令），那是何等的意气风发！是恩师孔老夫子让自己从一个乡野蒙童，成长为一名知书达理的士子。也正是遵循恩师“学而优则仕”的教诲，自己才步入鲁国政坛，以践行“兼济天下”的宏愿。怎奈诸侯争霸，烽烟四起，民不聊生；怎奈王道不再，礼崩乐坏，人心不古。于是他毅然辞官，叩别恩师，回归故里；于是他立志仿效恩师，收徒授业，以传承礼乐之学为己任。这么多年来，每当夜深人静之时，他回首往事，常常会默默感恩上苍，让自己有幸师从孔老夫子，也让自己有幸结识了同窗好友澹台灭明。好在澹台灭明为躲避兵燹，也在自己返回故里后不久移居南方，在离自己五十多里开外的阖闾大城之外的东南郊结庐隐居，并在自己的影响下收徒授业。面对如此志同道合的同窗好友，言偃喜不自胜，有朋自远方来，不亦乐乎！他不禁学着当年恩师的样子，怡然自乐起来。此后，他与子羽便时常你来我往，赏湖山胜景，论天下大事，评古今人物，忆往昔岁月。可最近两年来，澹台灭明却音讯稀少，这让言偃既失落又担忧。直到前些日子，他终于收到子羽的来信，说是将于近日前来拜访。于是，言偃日日盼望，可谓望眼欲穿！

第二天傍晚，言偃授课完毕，照例又来到尚湖边，期盼着子羽的到来。一轮红彤彤的斜阳犹如一枚硕大的山橘，悬挂于西边的山头。此刻，一行大雁嘎嘎长叫着从天空疾飞而过；霞光在水面上铺就一长溜波光粼粼的水道；晚风四起，芦花翻飞，微波轻吻水岸，泛起细碎的浪花，犹如言偃心头微漾的波澜。他伫立良久，未见子羽身影，以为又要失望了，转身正欲离开。

“子游兄！”身后突然传来了熟悉的声音。

言偃转身一看，一叶小舟已从岸边的芦花丛中窜出，船头伫立着的正是呼唤自己的澹台灭明子羽。

“子羽！”言偃喜出望外，急忙甩掉手中的藤杖，跌跌撞撞地向已经上了岸的澹台灭明扑了过去。

当晚，言偃与澹台灭明这对昔日的同窗好友，跪坐于西厢房内，面对着恩师孔老夫子的画像，促膝长谈。澹台灭明告诉言偃，此次前来，一是为了相聚，二是为了告别。因为不久他将应故友之邀，移居预章（南昌）。这让言偃不胜惊讶与伤感，其实，他之所以如此盼望澹台灭明前来，除了思念这位师弟，更是由于从今春以来，感觉自己的身体健康每况愈下，他怕自己哪一天说走就走了，留下一群在教的弟子无师可从。更让他忧虑的是，从此以后，这块南方的土地上，再也没有人去传播、弘扬恩师孔老夫子的礼乐之学了。因此，他想乘此次相聚的机会，好好劝说澹台灭明，希望澹台灭明能同意移居海虞，帮助自己继续授课教徒，以延续那份传承礼乐之学的事业。澹台灭明小言偃七岁，早在言偃任鲁国武城县宰时，他便经常出入言偃的衙署，谈治国方略，抒人生宏愿。言偃也十分赏识他的才干，屡次向恩师举荐他；可不知为何，恩师硬是认为他不适合从政，只可以治学。于是，岁月蹉跎，澹台灭明最终也未能涉足政坛，而始终过着治学隐居兼授徒的生活。作为至交的言偃深知，这对澹台灭明是十分残忍与不公的！如今，时过境迁，恩师逝世已有三十多年了，自己业已年过花甲，澹台灭明也已进入不惑之年，往昔的不悦与遗憾，全都烟消云散，这对同窗好友的心宇，都如这深秋的天空一般，湛蓝澄明，山长水阔野苍茫了。

然而，当他们言及时事时，又不禁感慨万千了。当年言偃离开家乡时，自己的故国吴国正值强大，可当他回来时，故国早已被越国灭亡，如今，越国又为楚国所亡；而澹台灭明所在的故土鲁国，也早已被齐国所灭了。世事沧桑，物是人非，让这对同门师兄弟难免产生同病相怜之感，不禁悲从中来：恩师孔老夫子一生所追求的仁义何在？所期望恢复的周礼何在？所欲重振的纲常又何在啊？于是，他们情不自禁地击节而歌道：

泰山坏乎！
梁柱摧乎！
哲人萎乎！

悲怆的歌声萦绕梁屋，继而飞出窗外，穿过院落，在湖山之间，在繁星闪烁夜深沉的南国天地间，久久回响。

不久，屋外传来了打更的声音，更声告知言偃，此刻已近黎明。他站起身，拉着澹台灭明的手，步出西厢房，来到院子里。抬头仰望，东方的天空正渐渐泛白，虞山之巅的辛峰上，有一颗星星出奇的明亮耀眼。

“啊，是启明星！”澹台灭明不禁惊叫起来。旋即，他又对着言偃道：“子游，其实，它就是你，你就是它！”

“岂敢，岂敢哪！”言偃紧握着澹台灭明的手：“子羽谬赞啦！”

“你自南归以来，收徒授业数十年，以弘扬恩师的礼乐之学。”澹台灭明注视着言偃，忘情地说，“你就像这颗启明星，以恩师孔老夫子的礼乐之学的思想光辉，引领这南国之芸芸众生，走出黑暗，走向光明！”

于是，这对同窗好友，在两千多年前的南国的这片湖山之间，在这个小小的院落中，在黎明之前，一起凝望着这颗星光闪耀的启明星，直至它渐渐隐去，直至天地一派明亮。

一个人与一座城池的重生

香烟缭绕，烛光摇曳，神像正襟跪坐。

神像脚下，一群官员衣装整肃，三跪九叩，虔诚地祭拜祷告。为首的一位四十来岁，身材魁伟，气宇轩昂，乃是楚国当朝宰相、刚被楚王分封到吴地的春申君黄歇。而他们所顶礼膜拜的，则是其身旁的这座赫赫有名的阖闾大城的建造者、当年的吴国宰相伍子胥。

走出祭殿，涉水经过胥城门，春申君一行拾级登上了三米来高的城楼。城墙破破烂烂，有一段没一段地在脚下蜿蜒。昔日的四方八城门，如今已是名不副实。西南而望，沧茫浑浊的太湖水已经漫溢到城外，顺着脚下的胥江倒灌进城内；低空弥漫着的湿漉漉的水气，随风翻涌，扑面打来。城内浊水横流，木片、衣服、蚕匾以及菜叶等生活垃圾漂荡在水面上，随波逐流；整个城市已分不清哪儿是街道哪儿是河流。低洼处的房屋只露出了屋顶，稍高处的也已被淹没了半截。洪水还在不断上涨，尚未逃离的居民们以木桶为舟，拖家带口，正在缓慢向城外撤离；他们的呼喊声、哭闹声、谩骂声夹杂在一起，清晰地传到春申君的耳边。春申君皱了皱眉头，忽然感觉浑身一阵燥热。他抬头望望天空，厚重的云层似乎正慢慢消散，不一会儿，一束阳光直直地照射下来，热烘烘的，令他的双眼辣辣地痛。但他的心头还是禁不住掠过一阵欣喜，算算时令，看看天气，他知道这南国所特有的黄梅雨季即将结束，洪水不日也会退去了。他转过身，对身边的随从指点比画了一番，随即传令下去，先封堵脚下的胥门，然后在地势低洼的城市东南方凿开一道口子，以下泄城内洪水。

这是公元前 241 年农历五月底的某个中午的日子。距离吴国被越国所吞并已有一百六十七个年头，而成为楚国的属地也有半个多世纪了。如今，天下太平，除了北方的秦国，已经没有哪个国家是楚国的对手了。楚王论功行赏，把整个吴地，即当年吴越两国的土地分封给了春申君。楚王是这一年的春天下诏颁布封赏令的，可身为宰相的春申君迟迟没有起身。这次他是不得不过来了，因为连续两个月的倾盆大雨，使太湖决堤泛滥，滔滔洪水几乎淹没了整个太湖流域，变成了一片泽国；当地官员也催命似的连连告急。现在，当他登临城楼看到眼前的景象，方知情况比他想象的还要严重得多。

于是，春申君决定将衙署设在胥门城楼上，并要求随从官员各司其职，也将办公地点分设在其他各座城门的堞楼之上。当晚，春申君的衙署灯火通明，左右随从与各位官员川流不息。城楼之下，到处都是移动闪烁的火把与喁喁的人语声，抗洪排涝正在有条不紊地进行。

处理完公务已是深夜，春申君步出屋外，天气果然彻底放晴了，凉风习习，繁星闪烁，银白色的月光倾泻而下。他知道，如果不出所料，明天城内洪水将会全部退去。想到这里，他那颗悬着的心总算落了地。但他不敢有丝毫懈怠，因为紧接着的河道清淤、街坊整修、生产生活秩序恢复，尤其是城池的重建等一系列繁重的工作正等待着他。他望着城外墙脚下白天所祭拜的伍子胥祠，不禁感慨万千：当年，正是楚人伍子胥相土尝水，亲手建造了这座赫赫有名的阖闾大城；如今却又轮到同为楚人的自己，来重建这座毁坏殆尽的城池了。莫非，这是冥冥之中上苍的刻意安排？所不同的是，当年伍子胥是亡命奔吴的，如今他则是被封赏到此的。而吴地百姓将伍子胥奉为神祇的举动，更让春申君坚定了要为官一地，造福一方的决心。

一切都在按部就班地进行。半个多月过去了，太湖水终于退回到了七子山脚下，胥门得以重新开放。东南方城墙段为泄洪所开的口子，被辟为葑门，以备此后城内排涝之需；其所下泄的洪水，全都积聚在城外毗邻金鸡湖与独墅湖的一片低洼地，百姓们称之为“黄天荡”，以褒扬春申君黄歇的治水之功。居民们陆续返回了城内，打理家宅，修葺店面，整饬河埠，重修寺观……春申君特地创设的吴门医馆也开张了，从吴地各处所聘来的郎中们正忙着配置药材，然后分批投放到城内所有的水井里，肆虐一时的疟疾终于得到了初步控制。不久，街市商铺林立，幌子招展，游人如织；河道碧水悠悠，舟船穿梭，吴歌飘荡。居民们的脸上又恢复了昔日的从容与微笑。唯有古城四周的城墙与城墙外的护城河，还是一片紧张繁忙的施工景象，因为春申君要赶在当年冬天来临之前，将所有城墙与城门全都修葺一新，将所有护城河河道与堤岸全都疏浚加固，以恢复昔日阖闾大城的雄伟壮观景象，让古城居民重新过上安居乐业的生活。

盛夏来临了，为避暑，城池的修复工程被迫暂时歇了工。午后时分，春申君离开衙署，只身在城内信步遛达。大街小巷空荡荡的，居民们全都猫在家里纳凉呢；偶尔有几个人劈面相遇，也是蒲扇遮头，行色匆匆，逃也似的一闪而过。火红的日头从头顶了无遮挡地直射而下，身边的河道里，远处的屋顶上，全都闪着白亮刺眼的光。路边的树枝上，知了已被暴晒得奄奄一息，有一声没一声地呻吟着。不知不觉间，春申君来到了城西的泰伯庙前。只见庙前两棵粗壮高大的银杏树下，东倒西歪地席地坐着一群人，个个衣衫褴褛，面黄肌瘦。庙祝见是父母官驾到，赶紧出门笑脸相应，并殷勤请春申君进屋内厢房休息。春申君要庙祝把门前树下的那群人也请到屋里，相聚而坐，了解情况。为首的告诉他，他们是城北平门外二十多里处的川埭人，因五月以来的水灾，把附近几个村子及其东面的巢湖与西面的鹅震荡都淹成了一片，由于地势低洼，洪水至今都没有完全退去，所有的稻田都还浸泡在水里。村民们自救无望，生活无着，只得外出乞讨活命。春申君在一旁细心倾听着，时而皱眉，时而叹息，时而陷入沉思。完毕，他关照庙祝悉心照料好这群村民，说是第二天会派人前来接走他们。庙祝自然是连连点头，并按春申君要求，殷勤款待，不敢有一丝一毫的怠慢。

第二天一早，春申君带着五个精干随从，由这群村民带路，轻车简从，出平门，过虎丘，迤逦向川埭进发。天气异常的热，出城不久，太阳才上东边的树梢头，一行人便已大汗淋漓，人渴马乏。也许是受数月来饥渴的折磨，那几个带路的村民更是跌跌撞撞气喘吁吁的。春申君赶紧吩咐找路边的凉亭歇息。到处都是洪灾过后的景象：被淹过的水稻田让毒辣的日头一晒，正成片成片地枯死；村庄的河浜里，随处漂浮着死狗死猫与死猪的尸体，发出一阵阵的恶臭；积水潭东一处西一处，把乡间道路切割得有一段没一段的。田野的旱地里，有附近的村民正在忙碌，他们头戴斗笠，冒着酷暑，正在补种聊以度过这段饥荒日子的庄稼。他们的身后，隐约可见一个个崭新的坟头零星散落着。久居楚国都城、一生都过着锦衣玉食生活的春申君，被眼前的这番景象惊讶得目瞪口呆，心中五味杂陈。他知道，身为宰相的他，此次被封吴地，实在是因为楚王怕他位高权重而盖主，有意将他外放；而他之所以此前迟迟不肯动身，也是生怕自己一旦离开都城，朝内有人乘机将他架空。如今吴地发生了这么严重的洪灾，如果自己救灾成功，别人自然无话可说；如若有什么闪失，那必将授人以口实，成为那些别有用心者的众矢之的。想到这里，春申君不禁有些心烦意乱。可如今自己业已远离都城，身处吴地，鞭长莫及，再想这些也于事无补；当务之急是把灾情处置好。而眼前如此凄惨的景象，更激发了他要彻底根除水患、还吴地百姓以安居乐业生活的决心。

抵达川埭已是午后。一片汪洋，农田、村庄、道路、树木，全都浸泡在茫茫的水中。如果不是这群村民熟悉路径，他们简直寸步难行。小心翼翼地摸索前行了好一阵，春申君一行才找到了一片高岗地作为临时落脚点。春申君当机立断，让带路村民返回各村召集动员尚未外出逃难的村民前来集合。他又派四位随从立即返回城里，其中两位作为信使星夜赶往楚国都城汇报灾情调配救灾物资；另外两位以衙署名义招募抗洪兵丁，于第二天赶往川埭。吩咐完毕，春申君将自己的坐骑系在一棵老榆树底下，带着剩下的一名随从，下了高岗地，挽起裤管光着脚，蹚着水，深一脚浅一脚地走进了眼前一片白茫茫的水世界。抬头望望天空，满眼碧蓝，连一瓣白云也找不到；当空的太阳像个熊熊燃烧的硕大火球，炙烤得人浑身发烫。没有一丝风，全靠脚下这点水的凉气以缓解这午后酷暑难耐的燠热。脚下，水浅处才过脚踝，深处却足以没顶。春申君一边艰难地跋涉，一边用心地观察，还不时地跟随从比比画画地交谈。他在寻觅，寻觅一个泄洪口；他在思索，思索一条救灾良策；他还有点隐隐的担忧，担忧方才分派出去的人员是否能够给他带回满意的消息。

第二天，春申君将所有抗洪人员召集到川埭西南方的一处积水最深的低洼地，深挖拓宽，垒土围堰，以疏导所有洪水下泄至此。一天，两天，三天……随着时间的推移，围堰形成，川埭各村的洪水终于慢慢退去，田地、道路、河流、村庄渐渐恢复了原有的模样；四乡八邻的村民们，也陆续返回了自己的家。随着救灾物资的陆续抵达，村民们的生活、生产秩序也渐渐恢复了正常。这一切，自然让春申君锁眉略舒，心结稍解。但他隐约感到有一种更深的忧虑正向他心头袭来：如若来年再发水灾，如之奈何？他若有所思地回望着西面的茫茫太湖之水，又转头久久凝视着东方，默默地对自己说：唯一的办法是疏通淤塞已久的河道，引流入海，以绝后患。

冬天来临了，城池的修复与疏浚工程终于竣工了。春申君远在都城的心腹传来消息，说是朝中有人正在联名撺掇楚王罢黜自己，要他速速返回。春申君沉思良久，淡淡地对随从说："也罢，救灾须救彻，还是把这里的事处理好再说吧。"于是，春申君趁着冬季河床枯水季节，大规模征集数千民工，亲自带队奔赴东方，自海边滩涂逆流而上，直至吴中腹地，开挖疏浚出了一条长达百里的大河。

南方的冬天特别地干冷，西北风裹夹着北方的滚滚寒潮，掠过村庄、旷野，掠过每一条昔日波光粼粼的河流。三九的时候，又飘起了漫天的雪花；不到两天，整个大地全被皑皑白雪覆盖了。入夜了，有点点灯火从开河工地边的工棚里漏出，闪闪烁烁的。劳累了一天的工友们都围着火堆取暖、抽烟、聊天；有几个精力不济的，已经滚在旁边的柴堆里呼呼大睡了。春申君带着一干随从，沿着工地挨段巡视。他时而驻足棚外侧耳谛听；时而一头钻进某个棚内，与工友们随便聊上几句。更多的时候则是坐镇在临时搭建的指挥所里，倾听分派出去的手下回来汇报关于工程进展与工友生活和情绪的情况。白天，他则深入工地察看施工现场，或是访问附近村庄了解民情。那天，春申君逡巡至川埭，感觉疲乏不堪，便席地歇息于一个村庄东头的场地上。眼前，一群孩子玩得正欢，只听见他们边玩边高声唱道：

嘟嘟嘟，
嘟嘟嘟，
爷娘去开黄浦江，
而后再开春申塘，

领头的大爷叫春申君，

住在伲村黄泥浜。

春申君一行听着，不禁相视而笑。像是受了什么鼓励似的，他们当即起身，策马扬鞭，继续赶路……

此后，当地的那处泄洪的围堰便叫作春申湖，所开挖的大河就叫黄浦江，川埭被更名为黄埭。

此后，当司马迁抵达吴地，看到重生的阖闾大城时，情不自禁地叹道：“吾适楚，观春申君古城，宫室盛矣哉！”

再此后，吴地百姓感念春申君，立祠祭祀，并奉之为城隍。

那一条从春秋一路走来的市井小巷

粉墙黛瓦人家，石板道路里弄，还有那小桥流水篷船。这也许是苏州古城的街巷给世人留下的永恒印象，柔软，温馨，仿佛一派绮丽的梦境。

就在苏州古城西隅，金门与阊门之间，有那么一条小巷，如果你不问其名姓，不知其来历，一定会以为它只是一条普普通通简陋不堪的巷子。巷子并不长，由南而北才五百来米，可历史很悠久，从春秋到现在有两千多年。巷名很特别，因为跟古吴国一件惊天动地的壮举有关联，名叫专诸巷。

时间回到公元前六世纪中叶。某年的一个暮春的黄昏。

楚人伍子胥来到苏城西北部的阳山脚下，独自一人随处转悠。他在一个位于山坞的村子口的大石头上坐定。抬头望望头顶，天空已由来时午后的淡蓝变成了深蓝，且片云全无，辽远得几近虚无。再看看日头，红彤彤硕大的一团已经被抛到西面的山头上，眼看着就要沉下山谷，可仿佛有所不甘似的，依然将满腔的火焰喷薄而出，恰如自己那一团积聚心头的复仇之火。瞬间，伍子胥似乎感觉自己的情绪有点失控，尽管现在他是单独一人，但他也不允许自己如此。于是，他把目光移至眼前的满目苍翠的山坡。夕阳的余晖洒满山坡，红红的，暖暖的。山坞里，东一搭西一搭散落着的，全是茅草屋顶、黄泥筑墙的人家。村巷里，清晰地传来了一声声鸡鸣犬吠之声。这一切，都把这暮春的山村黄昏渲染得宁静而安详。

“这位先生，天色已晚，何以独坐于此呀？”伍子胥侧过脸，发现身后站着一位四十来岁光景的壮汉，五短身材，满脸黝黑，浓浓的剑眉之下，一双炯炯有神的大眼睛透着股英豪之气。肩上挑副担子，担子前后的两个竹筐里还有些剩下的猪蹄猪肠之类的杂碎。

“多谢壮汉提醒，在下这就回去。”说着，伍子胥便徐徐起身，意欲返身离开。

“看样子先生并非本地人氏，附近又无客舍。如若不嫌我们乡野鄙陋，不妨随在下去寒舍将就一宿？”那壮汉热情地邀请道。

也许是被壮汉的热忱与豪爽所感动，伍子胥几乎没有半点迟疑，便爽快地答应了。于是，那壮汉引着伍子胥下了山，来到山坞，钻进了村里的一间茅舍。

当晚，就着如豆的灯光，两人席地而坐，对饮甚欢。壮汉告诉伍子胥，自己乃棠邑（今苏北六合）人，名为专诸，为躲避吴楚边境连年不断的战乱，前些年流寓至此，至今孤身一人，以宰猪卖肉为生。今天傍晚串村走巷叫卖归来，有幸遇见先生，感觉先生气宇不凡，有意结识，故冒昧邀至茅舍一聚。三杯酒下肚，借着几分酒意，伍子胥也将自己的身世告知了专诸：自己本为楚国贵族，怎奈楚王昏聩，听信谗言，将自己父兄冤杀。为报家仇，自己独自奔吴，投靠公子光门下，意欲辅佐公子光除掉当今吴主王僚，夺回本来就属于公子的王位，然后讨伐楚王，以报父兄之仇。“唉，恨只恨自己空有满腹韬略，却手无缚鸡之力，未能为公子光刺杀王僚以申宏愿，这家仇更是难以得报了！”末了，伍子胥长叹一声，放下手中的酒盅，幽幽地说。

兴许是伍子胥的弥天家仇激发了专诸满腔豪气，专诸也放下酒盅，直了直身子，两眼放光，对着伍子胥说道：“如若先生不弃，我愿助一臂之力！”

伍子胥又惊又喜，为表谢意，又斟上满满的一盅酒，高高举起，一饮而尽。而后，两人又来到屋外，在这星辰寥落的春夜里，对着幽暗的苍穹，对着眼前深沉高耸的大山，跪拜盟誓，结为兄弟。

第二天一早，专诸便随伍子胥前往吴国都城，见过公子光之后，被安置在城西的一条小巷内住下。不过，从此他不再宰猪卖肉，而是在住地开了个门面，改行做起了贩鱼的买卖。一个多月过去了，随着与附近街坊居民的日渐熟识，他的生意也慢慢地兴隆了起来。就在这时，伍子胥突然出现在他面前，说是准备安排他去城外太湖边的渔村住上一段时间，在那儿拜师学习杀鱼煮鱼的技艺，因为当今吴主王僚嗜鱼如命。并拿出一柄十来厘米长的短剑，郑重说道：“这是鱼肠剑，预先交付与你，你要设法尝试着不着痕迹地藏于煮熟的鱼腹之中，以备日后图大计时使用。”专诸心领神会，第二天便起身前往城外渔村，拜师学艺去了。

三个月过后，从城外太湖边归来的专诸已是一位煮鱼高手，被伍子胥举荐入宫成为吴主王僚的御厨。

转眼已是深秋，北风一阵紧似一阵，街道上随处可见萧萧落叶，在秋风的狂扫下满地翻卷，发出沙沙声响，透出一股肃杀之气。那天傍晚，整个吴宫鼓乐喧天，热闹非凡，吴主王僚为庆祝爱妃生日正在举行盛大宴会。御厨专诸照例在厨下忙忙碌碌，然后将一道道大菜亲自送往宴会现场。眼看着吴主王僚已是醉眼蒙眬，意兴阑珊了，他便折回厨房端出一道早已准备好的清蒸鲈鱼，在宫廷侍卫的一路监督下，徐徐向王僚走去。半路上，只见他一个趔趄，似乎要跌倒；这当儿，旁边另一位厨师模样的人眼疾手快地帮他接过盛鱼的盘子，护于胸前，等到专诸重新站起身来，便又将盘子送回给他，并朝他使了个眼色。然后，专诸端着盘子，继续稳步向吴王走去。待到王僚面前，专诸于弯腰置放的当儿，迅速取出鱼腹中的短剑，闪电般直向王僚的胸口刺去。王僚当即大叫一声，重重地倒于血泊之中。而几乎同时，一旁的宫廷侍卫也如潮水般围拢过来，将专诸砍死。

数日之后，公子光在伍子胥的辅佐下顺利登上王位。为表彰并纪念专诸的功勋，那条专诸生前所居住的小巷遂被命名为专诸巷。

如果说最初的专诸巷充斥的是一股惊天地泣鬼神的豪侠之气，那么，一千七百多年后保和堂的出现，则使这条巷子里弥漫着悬壶济世的浓浓爱意。

传说中，许仙因卷入杭州库银失窃案，被发配到苏州，寄宿于专诸巷内。那个初夏的午后，许仙在自家药铺内慵懒地闲坐着。前些天的洪水刚刚退去，门前的巷子里冷冷清清的不见一个行人。街面上依然有没过脚板的水漾着，在日渐毒辣的日头的炙晒下泛着浑浊的白光。街边的老榆树枝无精打采地耷拉于屋檐下，知了们焦躁的嘶鸣声此起彼伏，响成一片。许仙走到店铺门口，抬头望望天空，湛蓝湛蓝的，不见一丝白云，如同清澈的西湖水面。他知道，今年的这场滔天洪水算是过去了。只是这当空的太阳又大又红，像个火球；赤色的阳光倾泻而下，才片刻工夫，已让他浑身汗涔涔了。他急忙返回屋内，在店堂坐定，继续等待着上门的顾客。等着等着，不觉迷迷糊糊地打起了瞌睡。

“官人，好生清闲哪！”一个熟悉的声音把许仙叫醒。睁眼一看，娘子白素贞与侍女小青已然笑盈盈地站立于面前。

“娘子驾到，何不事先告知呀？”许仙立马站起身，一边忙不迭地让座，一边让伙计端上茶水。轻轻抿上几盅茶水，又摇了会儿蒲扇，白娘子徐徐起身，楼上楼下地在店堂里转了一圈，又在堆满药材的店后披间里停住了脚步，回头对许仙赞许道：“品种齐全，官人果然会经营哪！只是当下这救命之药材似乎少了些。”救命药材？许仙一脸疑惑地看着白娘子。白娘子露出故作神秘的浅笑，没再往下说。随后又转身来到店面门前，注视着门楼对许仙说：“官人，我们这药铺似乎少个名号呀！就跟杭城一样，叫作保和堂吧？”许仙连连点头：“悉由娘子定夺，如此甚好！”

随着街面上洪水的渐渐退去，保和堂药铺的顾客也日渐多了起来，到后来居然人满为患了。一打听，方知全城发生了大规模的痢疾流行病。此刻，许仙方才明白前些天白娘子提醒自己要多备救命药材的用意，更是由衷地佩服娘子的先见之明。于是，整个保和堂与城内其他几家药堂一起，立刻行动起来，一边通过各种渠道多进救命药材，一边临时请来了四五位坐堂郎中。白天免费为络绎不绝的病人号脉抓药，早晚派伙计分散到城内各处的街巷里，在每口水井中投放药材。经过半个多月的努力，疫情得到有效控制，整座城市又恢复了正常的生活秩序。

从此，专诸巷的这家保和堂名声大振，成为苏城数一数二的中医药堂。传说有时也是历史，如今，保和堂依然矗立于专诸巷32号，保持着苏式民居特有的格局；只是早已不是药铺，楼下成为住宅，楼上开了茶馆。但许仙与白娘子那份悬壶济世的情怀，却成了苏城百姓的千古美谈。

大明万历年间的专诸巷，又迎来了一位玉雕艺术大师陆子冈。

陆子冈是太仓人氏，自幼便在苏州城外西郊横塘的一家玉器作坊学艺，因其聪慧灵秀，不到二十岁便提前出师，入城在专诸巷内独自经营了一家玉作商铺，前店后坊。那时的专诸巷是名副其实的玉石一条街，商铺林立，来自全国各地的玉石客商纷纷会集于此，热闹非凡。而陆子冈的这家玉石店铺以其精湛的技艺与上乘的料作而独树一帜。一时间，子冈玉被誉为“吴中绝技”，名闻朝野，达官贵人们更是趋之若鹜。

那天早上，陆子冈正在店后作坊内带着两个徒弟研习起凸阳文与阴线刻画之技艺，突然闯进了两位太监，说是要宣读当今圣上神宗皇帝旨意。陆子冈与徒弟忙不迭地伏地听旨，只听得圣旨上要自己制作一套玉壶，并严令不得署名。还说了一大通让他半懂不懂的官样大道理。陆子冈领旨完毕，战战兢兢地从地上爬起身，又恭恭敬敬地送走了两位宫中信使。返回作坊，他一边如释重负地端起茶壶呷着茶，一边皱起眉头思忖道：小民乃一介工匠，靠雕琢玉器糊口谋生；为皇上制作玉件也是分内之事。只是这皇上好生不讲道理，这玉是我雕的，怎么可以不让我署名呢？想到这儿，他不禁苦笑着摇了摇头，然后站起身，继续与两个徒弟研习起雕刻技艺来。

不久，玉壶制造完毕，送到皇宫，引起了后宫嫔妃与太监们的啧啧称赞。该玉壶构图虚实相称，疏密有致；雕镂线条流畅，神采飞扬；琢磨精巧细致，给人以巧夺天工之感。神宗更是爱不释手，日夕把玩。再仔细查遍这把玉壶的底部、背部、手把下、壶盖以及其他角角落落，的确没有发现任何落款。可据说若干年后，细心的人还是在这把玉壶的壶嘴内，找到了极为巧妙的隐蔽于其间的“子冈”二字的署名。

一天的午后，陆子冈从后面作坊间捧出刚刚完工的一枚水仙玉簪，在店堂内独自把玩。“陆老弟别来无恙呀！”冷不丁地看见好友徐渭闯了进来。徐渭眼尖，看到陆子冈手中的水仙玉簪，也顾不得寒暄，急忙夺了过来，细细品味起来。但见这枚玉簪玲珑剔透，花托下茎枝细如发丝而不断，颤巍巍地尽显鲜花之娇态，简直让人不敢相信这是用玉石雕刻而成的。徐渭不禁竖起大拇指，对着陆子冈连声称奇。末了，徐渭沉吟良久，当即题诗一首赞道：

略有风情陈妙常，
绝无烟火杜兰香。
昆吾锋尽终难似，

愁杀苏州陆子冈。

繁华尽处是落寞，岁月无痕不知秋。如今，这条从春秋一路走来的巷子，早已僻处古城一隅，成了一条名副其实的市井陋巷。也许，我们唯有从它那斑驳陆离、写满历史的沧桑之感的面貌中，去追忆那份昔日的繁华与荣光了。

枫霜寒山寺

步出山门，张继的心里空落落的。

站在水边的一行枫树下，回望庙宇，“寒山寺”几个粉金楷体大字依然铮亮亮地闪耀着，一派金碧辉煌的气概。寺内，鼓声依然洪亮，从偌大的院落里传出，隆隆地滚过枫桥街市，滚向空旷的郊外，在深秋的天地间回荡。大雄宝殿内，威严庄重的观音神像下，木鱼笃笃，诵经声声，罄钹齐鸣；黄衣的僧人，紫衣的居士，还有穿着各色素净衣服的善男信女，全都齐刷刷整肃地正襟跪坐于莲花蒲团上，一场隆重的法事正在举行。寺内的其他神殿内，香客三三两两，他们焚香，奉祀，顶礼膜拜，喃喃祷告。游人川流不息，他们驻足碑刻，仰望古木，留恋花草……一切仿佛都还是二十多年前的模样。可在张继的心里，这寒山寺早已物是人非了。

抬头望望天空，圆圆的一轮太阳泛着惨白的光芒，不见半点红色，仿佛一位大病初愈的人。远处的山峦也早已失却了往昔的翠绿鲜亮，变成了憔悴的干青色，却依然精神抖擞地在西南边的天地相接处起伏着。一切都像极了这个季节，像极了这个时代。风儿一阵接着一阵嗖嗖地吹来，惊扰得脚下的江水哗哗喧响，船儿左右摇晃；也招惹得身边的枫树瑟瑟细语，好似在低声抱怨着什么。张继理了理有些凌乱的头发，俯身捡起一片殷红的枫叶，送到鼻前闻了闻，一股淡淡的清香沁入心脾。然后，他又将这片枫叶宝贝似的置于掌心，仔细翻检品赏起来。这是一片硕大的经霜枫叶，叶脉清晰，叶质肥厚，色泽鲜润，从六角行的叶边到叶心，颜色由深绿至淡黄再至深红，层次分明地蔓延开来，煞是好看。他忽然感觉这枫叶恰似自己，经历了风雨的洗礼，寒霜的考验，不再青涩，愈发成熟。把玩良久，张继把它揣进口袋，而后回望了一眼山门，徐步登上庙宇西面的石拱桥，向对岸的枫桥街市走去。

张继永远也忘不了自己第一次来寒山寺的情形。那是大唐玄宗皇帝天宝十二载（753）的深秋的一天，落第的张继从京城长安城出发，准备返回家乡襄州（湖北襄阳）的小山村。一路上他失魂落魄，感觉此次科考落榜，既辜负了自己十年寒窗苦读之心血，又愧对父母与家人的殷殷期待，更在同窗面前丢尽了脸面。因为在此次进京赶考的三位襄州籍学子中，他是唯一落第的一位。因此，他实在不愿返回家乡，可囊中盘缠即将告罄，他又不得不回了。于是，山一程，水一程，一位落魄士子就这样伴着秋风秋雨，听着萧瑟秋声，凄凄惶惶地踏上了归程。

那天傍晚，张继的客船在姑苏城西的枫桥码头靠岸。由于囊中羞涩，他并没有上岸投宿旅店，而是与船家一起，在船舱内将就一宿。天色渐渐暗下来了，不远处传来了寒山寺浑厚沉重的暮鼓之声。一路上相处了数天的年长船家早就知晓了张继的遭遇，善解人意的他便让内人做了几道菜，取出一瓮酒，热情地邀请张继入席。于是，一老一少，一个解乏，一个遣忧，盘腿坐于船舱之内，靠着矮小的木桌，就着如豆的灯火，说着闲话，拉着家常，幽幽地对饮了起来。

老者长年累月穿梭于大运河航道，每到秋天，总会有一两位落第的士子坐着他的船黯然返乡。毕竟这科考及第的少，落第的多哪！那些个失意的士子，捶胸顿足呼天抢地者有之，酩酊大醉纵情声色者也有之，可像张继那样斯斯文文而又整日郁郁寡欢者却少之又少。此刻，他看着眼前这位忧伤的年轻人，心里有些隐隐作痛，于是不停地为他夹菜，殷殷地嘱咐他早日归家，别让父母担忧。而张继望着眼前这位慈爱的老者，仿佛面对着自己的父亲，内心油然升起一股久违的亲切感。他甚至想，当初自己压根儿就不该去京城考什么功名，就像这位老者一样，简简单单、开开心心地活，多好！于是，他频频举起酒碗，敬起了老者，喝了一碗又一碗。酒过数巡，张继的眼前便渐渐地模糊起来。船家见状，便将他扶进后舱，照料他睡下。自从黄榜揭晓以来，张继几乎天天夜不成眠；即便是数日来的车船劳顿，也没能让他安然入睡过。现在，看着张继如此安稳地睡去，船家长长地舒了一口气，仿佛终于了却了一桩心事似的，悄悄地熄了灯，也休息去了。

半夜的时候，张继醒来。睁开眼回忆了好一阵，才想起自己是醉卧在船舱，晃了晃头，感觉有点沉。撩起窗帘，发现外面一片白亮。于是披衣起身，步出舱外，来到船头。眼前的码头旁，货船客船黑压压地停歇了一大片，全都静悄悄地；偶尔有几条船上还亮着几盏灯火，隐隐约约地，在寒夜里忽闪着；远处还传来了朦朦胧胧的人语声，似有若无，梦呓一般。更远处，似乎还有一两艘客船在游弋进港。寒星闪烁，残月西沉，水面的船棚上，岸边的树叶上，河岸两边人家的房顶上，甚至隐约可见的远处的山脊上，全是白白的一片，说不清是月光还是霜色。不知从哪儿的树丛里传来了乌鸦的呱呱声，拖着长长的尾音，有一搭没一搭的，叫声凄切，让人心颤。而此刻，寒山寺的钟声也当当当地响起来了，音波化成一圈圈涟漪，在沉沉的秋夜里荡漾弥漫。张继伫立于船头，独自沉浸在这个寒气沉沉的深秋夜色里，恍如一尊雕像。良久，他低声沉吟道：

月落乌啼霜满天，
江枫渔火对愁眠。

姑苏城外寒山寺，
夜半钟声到客船。

不知不觉中，张继来到了一家客栈前。抬头一望，“江枫渔火客栈”几个大字赫然入目，不禁心生诧异。步入大门，踏进院落，看看周围环连着的两层高的木结构建筑，与别的客店并无二致。精明的店小二发现眼前这位客官一副气宇轩昂的官员作派，急忙点头哈腰笑脸相迎，把张继引领至端坐在大堂柜台内的掌柜跟前。

“欢迎欢迎！”掌柜立马起身殷勤招呼。张继微微点头算是回应，而目光却早已被柜台内悬挂于墙上的书轴吸引住了：这不是自己当年的诗作《枫桥夜泊》吗？什么时候竟然被人喜欢并传扬开了？回想到大门口的店招，张继更加疑惑好奇了。一番攀谈之后，当掌柜得知眼前这位即将赴洪州（江西南昌）任盐铁推官（盐业与矿业专员）的朝廷命官，便是当年写下《枫桥夜泊》诗作的张继时，自然是激动不已。他告知张继，自从当年寒山法师将这首《枫桥夜泊》诗作镌刻成碑，立于寒山寺内之后，二十多年来，该诗便在当地广为传颂，妇孺皆知。而自己的这家客栈，更是以该诗为主题招揽生意。为了表达诚挚的酬谢之意，掌柜便把客栈最豪华的一间客房提供给张继免费入住，并于当晚设宴款待他。

晚上，张继辗转反侧，难以入眠。如果不是二十多年前寒山法师的指点迷津，也许就不会有自己的今天。那晚夜宿客船，因了暮鼓与夜钟的吸引，第二天上午，他便来到寒山寺进香，以祈求佛祖保佑。大雄宝殿内，他三跪九叩之后，便长跪于观音菩萨神像前，口中默默祷告，久久不肯离去。这情形，刚好被经过的住持寒山法师看到了。凭经验，法师断定眼前这位年轻人一定有着难以言说的痛楚，他望着年轻人瘦弱的背影，动了恻隐之心。沉思片刻，便跟随从的徒弟轻声耳语一番，离去了。那位徒弟静静地候在大殿门口，等到张继祷告完毕，便引着他沿着廊道，穿过两个院落，来到了寺院后面的一间禅房门前。张继怯怯地站在门口，一时间不禁有点局促不安，手足无措。“小施主，请进来吧。”听到里面的招呼声，张继方才跨进禅房，站在寒山法师面前。须发皆白、脸色红润的法师身披金黄色的袈裟，笑眯眯地招手示意张继入座。

也许是寒山法师的慈眉善目与殷殷关切让张继产生了一种天然的亲近感，面对着法师，就像面对观音菩萨一样，张继将自己内心的痛苦与委屈一股脑儿地倾倒而出。张继出生于襄州一个殷实的家庭，父亲曾于贞观年间当过一任知州，后染病亡故，从此家道中落。母亲拖着他和三个未成年的弟弟妹妹，虽说日子过得十分艰难，但还是倾尽全力支持他寒窗苦读，一心指望他这个家中长子有朝一日能金榜题名，重整门楣。此次进京赶考之前，他也曾通过父亲的生前旧友，按照惯例请托疏通关节，哪知这位所托之人因受朝廷一桩案子牵连被查办，所托之事落了空，他自然也就名落孙山。如此结局，让他羞愧难当，感觉实在无颜面对家母的殷切期盼和父亲的在天之灵。

张继诉说得情真意切，寒山法师则听得动容动情。阿弥陀佛，善哉善哉！末了，寒山法师双手合十，对张继说：“小施主，老僧意欲与你手书一道谶语，以供参悟，未知意下如何？”看到张继诚恳地点点头，寒山法师便铺纸提笔，写道：

大厦将倾何复求？
散木居野怡娘亲。
待得来年成栋梁，
重振乾坤朗朗清。

张继恭恭敬敬地从法师手中接过这道谶语，看了又看，仍是似懂非懂，一脸茫然。他只是隐约感觉到，法师是在暗示他，自己目前还只是一株散木，应该及早返回乡里，侍奉母亲，担待起抚养家庭的责任，以待来年舒展个人抱负，实现救济天下苍生之宏愿。于是，他借着法师的笔墨，将昨晚自己所吟诗作，写就一幅，也回赠给了寒山法师。寒山法师低头仔细读着诗作，又抬头看看眼前这位年轻人，赞许地点了点头。然后站起身来，向门口的徒弟招手道：“带这位小施主去寺内各处走走看看，今晚就留宿本寺，好生相待！”

第二天，寒山法师关照贴身徒弟又是盘缠又是食物地赠送与张继，并送至枫桥码头，目送他登上客船，踏上归家之路。

张继回到家乡不久，便传来了安史之乱的消息。此后的坏消息更是接踵而至：国都长安被叛军攻陷，玄宗皇帝携皇室避难蜀川，马嵬坡兵谏玄宗帝被迫退位……从此，延续近百年的大唐盛世风光不再，兵火连年，生灵涂炭，哀鸿遍野。好在随着肃宗皇帝的继位，叛乱很快得以平定；但大唐皇朝从此元气大伤，一蹶不振。直到此时，张继才恍然大悟：原来寒山法师早有先见之明哪！而就在安史之乱前后的十来年之间，张继避居家乡偏僻山村，抚养弟妹成人，侍奉母亲而终。唐代宗大历五年（770）秋天，他第二次赴京参加科考，终于及第，并以检校祠部员外郎（相当于文化部宗教司副司长）的身份，赴洪州任盐铁推官。

笃笃笃，门外传来了敲门声。张继披衣下床，开门一看，只见店小二手捧一幅书轴笑嘻嘻地站在门口。说这是当朝书法大家颜真卿所书的《枫桥夜泊》墨宝，掌柜平时视为至宝，今天有缘遇见诗作主人，实乃机缘巧合。这诗书二绝，珠联璧合，可谓雅事一桩，现特地前来相赠，还望笑纳。

送走店小二，回到房内，张继挑亮油灯，展轴品赏。与店堂的楷书不同，这是一幅隶书作品，整体看，拙朴凝重，透露出一股沉郁幽古之情怀。而细品起来，却字字显个性，句句呈特色。“枫”字笔墨沉沉，像极了一棵蔫不拉几的树木，一副霜打过后无精打采的意态；“火”字撇捺点画相互勾连，一气呵成，宛如一盏于寒夜中忽闪不定的油灯；而“姑苏城外寒山寺”句，整行望去，恰似一排鳞次栉比的屋宇。如此书法作品，简直就是完美再现与诠释了诗作的意境！张继自然喜不自胜。

而当张继再次审视自己当年的诗作时，不禁若有所悟，甚至有些惊骇了：那诗中的霜秋，不正是当下的时代吗？那经霜的枫树，不就像现在的自己吗？而那寒夜中零星的渔火，更像是一双双忧郁的眼睛，清醒地注视着这个时代。月儿即将西沉，那如满天繁星般繁华安详，人们安居乐业、幸福美满的大唐盛世从此也就一去不复返了！莫非，当年自己落第后回乡途中夜宿枫桥的遭际，及其见闻感受所成诗作，竟然是冥冥之中神灵的安排与暗示？

于是，张继又想起了当年寒山法师要自己参悟的谶语：待得来年成栋梁，重振乾坤朗朗清。他感觉这更像是法师给自己的嘱托：面对如此时局，自己更应该以天下苍生为念，为官一任，造福一方。

第二天，张继告别了店家掌柜，又去寒山寺祭奠过寒山法师的塔陵，登上客船，离开枫桥，径向洪州任所而去。

清清一脉白云泉

秋日的天平山一派繁华宁静。

朝东的硕大山坞里，古木参天，浓荫蔽日。数潭池水散落其间，明镜似的，倒映着天光云影。一场新雨过后，几条溪涧从四面的山脚下汩汩流淌而来，源源不断地将这大山的精华——清泉注入这些池潭之中。它们就像一条条脐带，连接着母体群山与婴儿般的池水。山坞里空空荡荡的，野兔自在地蹦跳着，野鹿好奇地张望着；林中的鸟儿，更是赛歌似的，唱着各色婉转的曲儿。

白居易在一群扈从的簇拥下，从西北角树木掩映中的云岩寺山门步出，循着林间小道，径直来到山坞中央那片最大的池潭边的八角凉亭里坐定。侍从眼疾手快，提起早已准备于石桌上的一壶茶水，小心地倒进咖啡色的茶盅里。白居易轻轻端起茶盅，送到唇边微微抿了一口，露出一丝不易察觉的喜色，又抬起头望了望面前的水面与斑斓的山色；而后对侍立于身边的扈从挥挥手，示意大家离开，最后只留下一位贴身侍卫尾巴似的拖在后面。今天，他不是来下面巡视的，而是特意挑了个秋高气爽的日子来散散心的。所以，他想一个人静静地坐坐、走走与看看。

半个时辰过后，白居易站起身，离开凉亭，沿着池边的卵石小径，向正南方的山脚走去。远处树荫下的两个轿夫被授意正欲上前，白居易朝他们摆摆手，对方便知趣地离开了。为了行动方便，今天，白居易特意卸去官服，穿了身秀才模样的淡青色便服。贴身侍从肩挎两个青布袋，一个装着书，另一个则是解渴充饥的食物。白居易双手反剪于身后，踱着方步，时而抬头寻觅树丛中的鸣鸟，时而又低头捡起一枚金灿灿的银杏叶，一副悠然自得气定神闲的意态。还有一个多月，他即将离任苏州刺史，返回京城述职了。与之前他离开江州前往杭州，与离开杭州前往苏州不同，此次届满离任，他将不再担任地方要职，而会在京城谋个闲职。从此便可以自由自在地做一个纯粹的诗人了。想自己二十多年宦海沉浮，酸甜苦辣滋味尝遍。当下的大唐帝国，就像一座大厦，虽然表面上依然一派富丽堂皇、器宇轩昂的架势，而内部早已被渐渐掏空，局部地方甚至梁柱歪斜、地基塌陷，随时都有倾覆之虞。他知道，自己不是什么栋梁，充其量也只是大唐这座大厦之某一处院落的一根庭柱。自入仕以来，自己一直辗转于地方，也只能秉持为官一任造福一方的执政宗旨，做一些力所能及的利国惠民之事。如今，自己已届不惑之年，功名利禄、得失悲喜，一切皆成过往烟云；惟有这眼前的山水才是真切的存在。

白居易就这样想着、走着，猛抬头，忽然发现已经到了山脚下一条上山小道的入口处了。向上一望，一条溪涧傍着山道于密林深处直直地流泻而下。白居易下意识地收回搭在后背的双手，微微弓起脊背，大步跨上了上山小道，拾级而上。山势甚是陡峭，不上百步，他便有点气喘吁吁了。终于来到了一峰回路转处，白居易实在走不动了，一手撑着山壁，一手扶着树枝，稍事休息。眼前是一大片向阳的坡地，其间，蓊郁着浓绿一片、金黄一簇与深红一丛的林木，它们全在蓝天艳阳的映照下，透出一派安然恬静的气息。林子里分明还穿梭着几个山民的身影，白居易知道，那是附近农民在采摘野山果。

这样的情形，他是再熟悉不过了。十年前的一个秋天，在江州司马任上的他，因母亲故世，便丁忧告假回到位于陕西渭河北岸的紫兰村守孝，与故乡的父老乡亲一样，过起了纯粹的农家生活。秋收过后，便是农闲了。可乡亲们辛苦劳累了大半年，除去缴纳给地主家的与上缴给官府的，真正留给自己聊以度日的实在所剩无几了，于是，他们只得向世世代代生养他们的这片山林去求救。好在大自然总是垂怜苍生的，家乡的山林

也总是慷慨的，在那片一望无际秋色斑斓的崇山峻岭之中，潜藏着无数知名的与不知名的各种各样成熟了的坚果、水果与浆果，等待着乡亲们去采摘。于是，那年深秋，白居易也和乡亲们一样，就像一只山雀，一头扎进了大山深处。第二年开春，白居易继续守孝，白天与乡亲们一起下地耕作，夜晚便促膝谈心，不到一年工夫，他居然成为了一位地地道道的黑脸农民。一次，朝廷有诏书下达，信使费了好大一番周折，终于在田间地头才找到了他："谷苗深处一农夫，面黑头斑手把锄。何以使人犹识我？就田来送相公书。"（《得袁相公书》）

此刻，山涧潺潺的流淌声更加响亮了，四处寻觅，却不见踪影。又转过两个山头，在半山腰的一处地势平坦的谷地里，那山涧却又悄悄回到了身边。白居易走到涧水边，蹲下身子，注视着眼前这缓缓流淌的溪水。也许是昨晚才下过一场透雨的缘故，溪涧水势很大，但流速缓慢，一副从容不迫的意态。水色也特别的透亮，在蓝天苍山的映衬下，呈现出一派清冽之色。不远处，溪涧居然恣睢地散漫开来，形成了一片不大不小的沼泽，滋润着这方山谷地中的花草树木。而后，这片沼泽又在山谷的豁口处聚拢，收缩成规整的一脉，顺着山势，向山下奔流而去。看看日头，已是正午时分。侍从挑了片溪涧边干燥的黄草地请白居易坐下，然后从布袋里翻出几块麦芽饼与两根鲜塘藕，这是昨晚抵达山脚下以后，附近村民得知自己的父母官第二天要去游山时所赠送的。白居易吃着香香糯糯的麦芽饼，嚼着鲜嫩甜脆的塘藕，望着眼前的这一脉溪涧，不禁陷入了沉思之中。

他忽然觉得，自己就是眼前的这一脉溪涧，少时的高远志趣，深厚的家学熏陶，儒学的家国情怀……这一切无不充盈丰溢着他人生的径流，并给了他以跋山涉水的勇气与力量。一路奔流而来，每到一处，他又总是竭尽自己的所能，润泽造福一方黎民。在周至（今属陕西）县尉（副县长）任上，他不惜得罪权贵减免民众赋税；在左拾遗（谏官）任上，他冲破朝中重重阻挠，冒死向皇上如实反映下层民众卖儿鬻女、易子而食的悲惨境况。成为地方大员后，他于忠州（重庆忠县）鼓励山民垦荒种植庄稼以度饥荒；在杭州治理水患修筑白堤；到达苏州后，又构筑七里山塘直达虎丘，方便百姓出入。而他的诸如《卖炭翁》《新安吏》《石壕吏》《无家别》《垂老别》等一系列乐府诗作，则分明是自己这一路奔流而来所冲刷出的深深印记了！

山下有报，传来了一封书信。白居易一看封面笔迹，便知是挚友元稹又来问候自己了。拆开信封的那一刻，白居易方才想起，自己的确是有一段时间没有收到元稹的来信了。直觉告诉他，元稹此时来信应该不会有什么大事，因为当下正是他们两人共同的恩师当朝，元稹已经先于自己从地方回到朝廷了。所以，这位挚友充其量也只是来问候自己罢了。但正是这种看似寻常的问候，却让白居易感受到一种沁入心扉的温情。这份温情，恰似眼前的涓涓溪流奔流于天平山一样，流遍了他周身。

元稹小自己七岁，可他们同年登科，一起在朝任职，后来又同年被贬地方。相似的经历，同样的性情与文化素养，把他们紧紧联系在了一起。二十多年来，他们虽然天各一方，却总是心心相印，情同手足，赠、寄、酬、唱、和、答诗作从无间断。他们就像是从同一片大山深处孕育而出的两条溪流，虽径流领域各不相同，却有着同样的志趣，同样的情怀，那就是所到之处，都能泽被一方，使草木葳蕤，生灵安泰。而每当他们于跋涉旅途中遭遇险滩峡谷时，他们又总能以冲天之喧响抑或钻地之呜咽，向对方传递讯息，从而彼此安慰，相互鼓励，继续前行。那年八月，白居易被贬到江州任司马，而元稹早自己五个月于这年三月被贬到通州当司马。到达通州后，元稹不幸染上重病，当他于夜间得知白居易被贬的消息后，竟震惊得一下子从床上跳了起来，并当即以诗代书道："残灯无焰影幢幢，此夕闻君谪九江。垂死梦中惊坐起，暗风吹雨入寒窗。"（《闻乐天授江州司马》）不久，白居易收到此诗，不禁被好友的殷殷关切之情深深打动，便在回信中动情地写道：读到此诗，即使是不相干的人也会潸然泪下，更何况是我呢？而当元稹收到白居易的书信时，更是当场泪流满面，吓得妻女惊慌失措，以为出了什么大事："远信入门先有泪，妻惊女哭问何如。寻常不省曾如此，应是江州司马书。"（《得乐天书》）两个被同时逐出京城的天涯沦落之人，患难之中相互慰藉，其情，其意，其怜，其爱，以至于此！

眼看着日头已经偏西，而山顶还在前头。白居易站起身，沿着陡坡山径与溪涧，继续向上攀爬。越接近山顶，山路越陡，若即若离的溪涧也越发的湍急，泛起白亮亮的浪花。整个山林，除了鸟儿脆亮的啁啾声，便只有哗哗喧响的涧水声了。穿过一片竹林，进入一处松林，白居易终于在四围都是峭壁的一堵山崖下发现一个偌大的深潭。环顾仰望四周，群峰笔立，自己仿佛置身于一口天然深井之中；山色斑斓，苍翠的、金黄的、殷红的山林，层层叠叠地铺展于眼前。而崖上挂下的、脚下流淌的，全是如练如丝的溪水，它们在这里汇聚成潭，然后又冲破东南角的一处石崖，向山下奔流而去。这大概就是溪涧的源头了吧？丰沛的生命总是兼收并蓄，方成磅礴之大势；并在行进中不断丰富自己，积淀纯净自己，而后成为清澈灵动的一脉，奔流呈现于世。白居易这样对自己说。稍事休息之后，白居易与侍从又穿山甲似的钻进了潭边山崖上的一条窄小的石缝，不一会儿便攀上了山顶。

站立天平山顶，长风浩荡。西南而望，群山叠翠，横亘连绵；北面是浩渺波涌的太湖之水，湖上渔帆竞发；东面则是房屋鳞次栉比、道路津梁纵横交错的苏州城了。突然间，白居易的眼前清晰地呈现出这样一幕：一位年过半百的老人，搀扶着一个十一二岁的少年，站立于天平山顶，指点江山，朗声谈笑。这是四十多年前的情景了。这位老人是时任苏州刺史的韦应物，少年则是白居易自己了。当年安史之乱虽已平息，但中原地区依然动荡不安。为避战乱，在彭城（今徐州）任县令的白居易的父亲白季庚，特意安排夫人带着白居易到苏州投亲靠友。在苏州，这位天才少年深得父母官韦应物的赏识，并特许他随意进出衙署。也就是从那时起，韦大人那“清旦方堆案，黄昏始退公”的劳形于案牍的勤政品格深深影响了白居易，鞭策着他在日后的为官生涯中克勤克俭，爱民如子。而每当韦大人外出巡访或者游山玩水，也总是把白居易带在身边，这天平山就是当年常来的地方之一。

返回山下，白居易于山脚下这条溪涧积水而成的潭边崖壁上，亲手题写了“白云泉”三个大字。并题诗一首道：

天平山上白云泉，
云本无心水自闲。
何必奔冲山下去，
更添波浪向人间。

是年乃唐敬宗宝历二年，即公元 826 年深秋日。白居易五十四岁。

灵魂的救赎

这是大唐德宗贞元七年（791）的深秋季节。

韦应物睁开眼，望着天窗，脑子里一片空白。他已记不起自己如今身在何处，也忘了现在是什么时候了。

过了好久，他才依稀想起自己是在苏州城西的永定寺内，就这么因病卧床也有好几天了。回想自己一年前还是这儿的刺史，当地的父母官；进进出出扈从如云，衙署门前车马熙攘。可如今，别说门庭冷落，就连个属于自己的门庭也没有，只得寄身于朋友的寺庙之内，可谓凄惶！他感觉自己仿佛一下子从云端跌落至地面，而且还是个泥潭，连翻身爬起的能力都没有了。想到这儿，他不禁悲从中来，潸然泪下。唉，谁让自己这么多年来没为自己和夫人考虑，积攒点积蓄，购置个宅院呢？

但他并不后悔，自出仕以来，他就抱定了赎罪的决心，去濯洗自己身上曾经沾染的污秽，去荡涤自己曾经肮脏的灵魂；并立志要垂念苍生，造福一方。只是他觉得愧对自己的夫人元苹。这十多年来，从滁州到江州再到苏州，所仕之地一个比一个富庶；从六品到四品再到从三品，自己的官阶也逐级攀升；可妻子却跟着自己一直过着清贫的生活，且无怨无悔。如今她去世了，因为无力扶柩回归故里长安，灵柩便只能暂厝于这永定寺内。也罢，这么多年来自己一直忙于政务，从来都没有好好陪伴过夫人，现在总算清闲下来了，就权当是自己与夫人的另一种厮守吧！末了，韦应物这样安慰自己。

屋内静悄悄的，除了房顶上偶尔漏下的一两声老鼠的吱吱声，什么声响也没有。对面的书柜前，有一只蜘蛛正在一张银灰色的大网前忙碌。一不小心，它居然从大网上跌落下来，可怜巴巴地被一根悬丝吊着，上不去，又下不来，恰似当下的自己。窗外有一束淡红色的光亮射进了屋内，静静地铺展在床前，给韦应物的心里平添了几分暖意。他轻轻摇了摇头，感觉依然有些沉重，但还是缓缓地坐起来，勉强下了地。脚下软绵绵的，仿佛踩着一地的棉花。他掖了掖身上的外衣，扶着墙壁走到房门口，出了门，徐徐穿过一道天井，终于来到了外面。

抬头看看日头，已是午后。秋阳暖融融的，静静地洒在场边的树木与杂草丛上。银杏金黄，枫树殷红，竹子苍翠。它们或盛装而立，或淡然静默，无不尽情地享受着这寒冬来临前的最后的温暖。场外是从容淡定、依然悠悠流淌的胥江。习惯了船来舟往与四季轮回，也就了悟了生命的真谛，它应该知道，它的归宿是太湖。那么我的归宿是哪里呢？韦应物这样默默地问自己。他回头看看身后自己所栖身的永定寺，想：不会和夫人一样，也是这里吧？嘎嘎嘶鸣的一行惊鸿从头顶疾飞而过，牵引着韦应物的目光掠过场地外秋收过的旷野，与远处耸立于天地间的七子山和穹隆山。深秋的山体明显瘦削憔悴，一如自己的病体；山色却依然明净通透，一如他此刻的心境。

“哎呀，韦大人，你怎么起来啦？”身后传来了住持虚竹的声音。韦应物回过头，吃力地向虚竹点头示意。虚竹赶紧脱下外衣，给他披上，并搀扶着他返回屋内。虚竹与韦应物年龄相仿，是土生土长的本地穹隆山下人，小时候父母死于瘟疫，被当地一位郎中收养，随着年龄的增长，他于耳濡目染中也成为一名郎中；后来被山里上真观中精通中医的道长收为徒弟，成了一名道士。于是他在道长的教授下潜心研究中医，成为吴地赫赫有名的一位神医。受童年苦难的生活经历的影响，与道教教义的熏陶，虚竹一生以治病救人为己任。韦应物还清晰地记得，那年春天，他到任苏州刺史的第二天，去往城南七子山与穹隆山一带视察霍乱灾情，发现身为道士的虚竹正在山下指挥山民将一个个奄奄一息的病人往上真观里送，后来又亲眼目睹虚竹起死回生之医术。灾情结束后，韦应物又亲临上真观，一番推心置腹的促膝长谈之后，韦应物终于说服虚竹离开上真观，到永定寺任道长，并把吴门医馆迁入寺内，请他掌门。从此，他们便成为志同道合的莫逆之交。

韦应物被虚竹重新扶回到床上靠着。虚竹给他号了一会儿脉，并把煎好的汤药给他喝了。然后，又跟他聊了一番关于他的下一个任命何以迟迟未到的原因，便离开了。

韦应物独自躺在床上，可谓百感交集。按照惯例，从卸任旧职到下任履新，不会超过半年时间。可他自去年岁末卸任苏州刺史，寄居于这永定寺到现在，已近一年了，朝廷让他履新的诏书迟迟未见下达。他的心头，隐隐地有一种不祥之感蔓延开来。他知道，问题就出在去年春夏之交的那场洪灾上。那场百年一遇的滔天洪水，几乎把整个吴中大地变成了一片汪洋大海。待到洪水退去，本该丰收的夏季自然是颗粒无收，尽管他竭力调动州县等各级衙署全力补种秋收作物，但荒年已成定局。由夏至秋，眼看着百姓们剥树皮啃草根度饥荒，眼看着越来越多的灾民不断被活活饿死，眼看着各地因饥民盗抢之风日盛而治安状况日益恶化，他一边上奏请示朝廷，一边果断地下令打开官仓赈济灾民。其结果是，灾情缓解了，百姓得救了；可他的奏请却被朝廷驳回，还给了他一个以戴罪之身继续领牧苏州的处分。“唉，恐怕朝廷再也不会启用自己了，自己的官宦生涯也许就到此为止了吧？”韦应物对自己说。

其实，处分不处分他都无所谓，只要遂了自己的心愿，不让自己所治下的百姓遭罪就行。因为他觉得，自己本就是个戴罪之身。想想自己当年靠着祖上荫蔽，仗着过人膂力，十五岁便当上了大唐玄宗皇帝的殿前侍卫。在皇威光环的笼罩下，年少无知又无畏的他，到处吆五喝六，横行京城，成为恶少，为乡里所患。甚至还笃信所谓的江湖义气，窝藏身负命案的要犯。后来，安史之乱爆发，他护驾随玄宗皇帝出逃四川，于马嵬坡亲眼目睹了御林军兵谏、杨贵妃被赐死、唐玄宗黯然退位的场景。从此他也流落失职，于内乱结束后返回京城长安。又是靠着家族的荫蔽，二十二岁的他被父亲安排进入太学读书。四书五经，尤其是《论语》与《春秋》，唤醒了一位少年曾经被泯灭的良知，让他由一位京城恶少蜕变成为了一位知书达理的有志青年；更让他下定决心要与过去的自己彻底决裂，在以后的为官生涯中以德政去造福黎民，救赎自己的灵魂。

安史之乱打破了一个皇朝的繁华与强盛之梦，也淡化消弭了人们对一位荒唐少年的鄙视与憎恨。太学毕业后，韦应物顺利通过了科考中的“德行”审查关，不久便被派往地方任洛阳臣（副市长），后来父亲动用关系把他调回京城，在礼部任员外郎（文化部副部长）。十多年的京官生活清闲又清静，他一方面庆幸自己能有大量的时间读书治学，修身养性，另一方面又为自己不能直接接触底层民众，从而为他们排忧解难而痛苦。权衡再三，韦应物终于决定放弃京城优裕的生活，并再次动用家族与父亲的关系，让自己去地方任职。大唐德宗四年（783）秋，他终于得偿所愿，任滁州刺史，正式开启了其德政地方，造福黎民百姓，救

赎自我的人生新境界。

咿呀一声，房门被推开了。一豆灯火牵引着虚竹来到韦应物床头，他的身后还跟着一位须发花白的老者。韦应物看看外面，已是漆黑一片。“恩公，你何以一病如此呀？”老者凑到跟前，韦应物方才认出原来是城北齐门外的钟员外。那年水灾，钟员外所在的村子因地势低洼，遭受了没顶之灾，村民死伤数十，情急之下，他便带着一干人来到衙署求见刺史大人。傍晚时分，从穹隆山赈灾返回衙署的韦应物得知情况，二话没说，马不停蹄地带着随从随员外前往勘察灾情。目睹了现场的惨状之后，韦应物现场办公，一方面吩咐手下立即以衙署名义发放资金赈灾，另一方面让钟员外发动乡绅捐资捐物帮助村民自救，并以身作则，当场将自己当年刺史俸禄的一半捐出。面对如此一位体恤民情、恩重如山的父母官，钟员外与村民们无不感动得潸然泪下。前些日子，当他得知韦应物夫人故世，却因缺乏资金无力扶柩返回京城长安时，不禁伤心感慨，并当即决定联络当地乡绅募集资金，一定要帮他们的这位恩公一把。今天，他便是代表大家，特地赶来看望韦应物的。天黑的时候他赶到永定寺，才得知韦应物竟然又重病成这样。

钟员外握着韦应物的手，他的手已干瘦成一杆竹枝；又望了望他的脸，他的脸竟然蜡黄而黯淡，不见一点血色。“恩公，你可要安心养病，携夫人返乡的事宜，姑待明年春上再作打算。盘缠已经置办妥当，你尽可宽心。”钟员外想起了刚才虚竹跟他提起韦应物病情时的那份担心，心头隐隐作痛，但还是不动声色地这样安慰他。韦应物直起身子，双手抱拳打拱，连声答谢。他为自己如此麻烦与连累虚竹和钟员外而深感歉疚。自从到地方任职以来，他几乎没有回过京城，一则是旧职卸任后，朝廷的新职任命不出三月就会下达，他尽可暂时滞留当地游山玩水，或与老友叙旧吟诗作赋；二则是他知道，尽可以预支新职俸禄以作履新的舟船之资，因为他每到一地的俸禄，除了必要的生活开销，全都捐给地方贫病百姓或是供奉给当地的寺观了。从滁州到江州再到苏州，无不如此。而此次滞留苏州时间之长，夫人元苹的意外病故，自己疾病之严重，以及履新无望之遭际，则实在是出乎其意料的。

一番嘘寒问暖之后，虚竹带着钟员外离开歇息去了。韦应物辗转反侧，怎么也睡不着，便索性披衣下床，来到隔壁书房。昏暗的灯光下，悬挂于南墙上的一幅诗作赫然入目：

独怜幽草涧边生，
上有黄鹂深树鸣。
春潮带雨晚来急，
野渡无人舟自横。

这是当年韦应物在滁州时所作的一首名为《滁州西涧》的旧作。记得那年仲春的一个傍晚，他闲来无事，信步来到滁州城西的郊外，恰逢暮雨萧萧而下，他伫立于山野溪边，有感而发，即兴写下了这首诗作。没想到此诗一经朋友传扬，竟然大受欢迎，文人墨客无不收藏，甚至连寺观都当作墨宝悬挂。如今，当他再次审视自己当年的诗作时，不禁感慨万千：当年他主动要求到地方任职，其实就是在自我放逐，而那条横放于萧萧春雨中的野渡口的小舟，既是渡人的，更是自渡的，就像入仕后的自己。

两天后，韦应物病情加重，再次处于昏迷状态。虚竹赶到他床前，号了下脉，脉象短促而凌乱，他知道，这是绝脉了。再看看韦应物额头渗出的汗，浑浊而滑腻，他明白，这也已是绝汗了。而韦应物的枕边，竟赫然安放着一枚枫叶，虚竹晓得，这是韦应物这些天反复把玩的一枚树叶。那片肥硕的叶子上，虽然有数处清晰可见的黑色斑点，但整片叶子却叶脉分明，通红剔透，煞是可爱，恰如它旁边的主人。

窗外，秋风呼号，落叶萧萧。

苦尽甘来

大唐文宗大和五年（831）。深秋九月，一个凉风习习的早晨。苏州李宅。

后花园的舞台上，佳人翩跹，挥袂如云；笙歌婉转，娇语如莺。台下，主人李绅一边示意侍女频频斟酒，一边殷勤举杯，向身边的嘉宾刘禹锡敬酒。曾经贵为大司空的李绅乃润州无锡人氏，如今退居苏州。今天，他特地举办家宴，为新任苏州刺史刘禹锡接风洗尘。作为刘禹锡的同庚之人，同科进士，他们虽入仕后天各一方，从未谋面，但他却十分仰慕刘禹锡的才情，更加敬佩他的铮铮骨气。所以，在刘禹锡到任的第二天，便特设家宴，盛情款待这位当下的父母官。

酒过三巡，刘禹锡感觉眼前舞女的身影微微有点模糊了，仿佛一群粉蝶在花丛中翩跹翻飞；笙箫的乐声也似乎模糊成一片嗡嗡的蜂音，随着蝶群旋转。回想自己少小时随父亲离开苏州，父亲为官一任，他便辗转一地；成年入仕之后，又因政治歧见而得罪朝廷权贵，被贬谪于荒蛮边鄙之地数十载；如今步入人生暮年，方得重返出生之地，并主政一方。其中酸甜苦辣的滋味，此刻在酒精的催发下，一时间全都涌上心头，让他感慨万千。他欠了欠身子，似乎想离开座位。一旁的李绅会意，立马示意侍女笔墨伺候。刘禹锡借着酒兴，在洁白的宣纸上挥毫赋诗道：

高髻云鬟宫样妆，
春风一曲杜韦娘。
司空见惯浑闲事，
断尽江南刺史肠。
……

（《赠李司空妓》）

是呀，这香艳富丽的场面，在你这个一生顺风顺水的李司空看来也许是最寻常不过的了，可让我这个渡尽劫难的刘刺史情何以堪呀！

李绅看着刘禹锡墨迹未干的诗作，不禁心中一愣。又看看他蒙眬的醉眼，似乎有两颗泪珠在眼眶里打转。他原打算借今天的家宴好好慰问一下这位神交已久的朋友，哪承想反而触发了对方内心深处的伤痛，不免有些懊恼。“梦得贤弟，”他轻轻拍了下刘禹锡的肩膀，“一切都已经过去了，如今你我都身处这江南一二等风流富贵之地的人间天堂，理应高兴才是呀！”刘禹锡也感觉到自己有些失态，脸上急忙挤出几分笑容：“是呀是呀，理应高兴，理应高兴！”于是，两个人又频频举杯，继续畅饮。酒精，将个人的细微情绪无限放大，也将数十年来积压于心中的傀儡之气渐渐消弭。此刻的刘禹锡，感觉越喝越轻松，越喝越高兴，他站起身，对着李绅说：“公垂仁兄，多谢盛情，喝！”这一口酒下肚，刘禹锡的整个身子便摇晃起来，然后又重重地落入座位，垂着头，打起了呼噜。李绅见状，急忙命侍女把他搀扶进后院厢房，安顿其躺下将息。

一觉醒来，刘禹锡睁开眼睛，发现自己正躺在衙署后院的房间里。屋里漆黑一片，而虚掩着的房门外，分明有几缕银白色的月光漏了进来。再看看琐窗之外，也东一摊西一摊地泛着晶莹的白光。他披衣下床，看看床头的更漏，已近子时。于是打开房门，走到廊檐之下。夜色沉沉，一轮皓月当空，将后院的亭台楼阁、树木花草与山石池水朗照得通体透亮。轻风拂来，在无边的夜海里漾出层层涟漪，撩拨得廊前的樟树萧萧作响，也惊扰得夜宿的鸟儿叽叽抱怨。而满天闪烁的繁星，则更像一双双天真无邪的儿童的眼睛，注视着这位于千年之前的沉沉秋夜里，独立于天地之间的饱经风霜的江南刺史。刘禹锡的思绪，瞬间被拉回到半个多世纪之前。

当年，为避安史之乱，本在中原为官的父亲弃官，举家南迁至苏州。不久（772）他便来到了人间。记得父亲曾经不无感慨地跟自己说过，自己是幸运的，因为生于战乱之后，更因为出生在这块江南富庶之地。是呀，在刘禹锡的记忆里，童年就是个蜜罐，装着满满的幸福。苏州的大街小巷，充斥着他与童伴们朝夕嬉戏的欢笑。春赏花海，冬观雪景，秋天则去太湖之畔观捕鱼。而每到夏天的夜晚，他则依偎在母亲的怀里，纳凉于自家宅院的天井里。母亲手中的蒲扇摇起，一旁父亲的故事就开启了。父亲出身于书香门第，一生饱读诗书；生不逢时的他无处报效国家，便期望用自己的满腹经纶，去经纬这个小儿子的锦绣前程了。可自从入仕以来，自己却不再如父亲所言是幸运的了。因参与的王叔文所领导的革新运动失败，他与柳宗元一起被贬外放，从朗州到连州，由夔州至和州，整整二十三年，他一生的大好时光几乎都被弃置于荒蛮蔽野之地。辛辛苦苦几十年，凄凄惶惶半辈子，在外面浪荡了一大圈，如今自己却又回到了这方人生的出发地。莫非，这一切都是冥冥之中上苍的安排？但愿，这也是自己苦尽甘来的好兆头！刘禹锡在心里默念道。

第二年早春二月，刘禹锡带着两个精干随从，在好友李绅的陪同下，从城西北山塘街出发，沿着一条七里长堤，迤逦向虎丘山而去。自去年秋天上任以来，他的身体一直时好时坏的，好在有好友李绅为自己多方求医问药，悉心照料，终于使自己多年的积疾痛风病得到有效控制。这是他长期身处西南地区所患的地方病，与被贬谪的心灵痛楚一样，二十多年来一直如影随形地缠绕着他，每到秋冬季节，总要折磨他一番，严重时甚至连走路都困难。“公垂兄，真不知如何感谢你才好！”刘禹锡停下脚步，看着飘荡于长堤边返青的柳丝与水面上微微荡漾的涟漪，不无感激地对李绅说道。近半年来，李绅的关怀，让他本来苦寒的心田如沐春风，变得风和日丽、暖意融融起来，就如眼前这早春的景象。“梦得老弟见外了呀！这脚下的长堤呀，是前三年白乐天白刺史到苏州时才修建的，我们苏州百姓称之为白堤。”李绅故意扯开话题。刘禹锡听罢，看看李绅，又若有所思地望着这条七里长堤，良久，才继续向前走去。都说金杯银杯不如百姓口碑，看来自己的前任白乐天老弟，也真是个有情怀有作为之人呢！刘禹锡默默赞许道。

想到白居易，又让刘禹锡的心头溢满暖意。三年之前的一个初秋时节，自己由和州（安徽巢湖地区）卸任，准备返回洛阳，途经扬州时，偶遇刚从苏州刺史任上卸任返京的白居易。两人一见如故，热情好客的白居易当即设宴款待自己。一番攀谈之后，刘禹锡得知对方居然是自己的同庚之人，只是因为人家从未踩入过任何政治圈子，加之个性随和，所以自入仕以来，从京城到江州，再到杭州、苏州，虽说仕途亦不乏曲折，但较之于自己，可谓风平浪静，阳光明媚。正所谓性格决定命运啊！面对着白居易，刘禹锡不禁感慨万千。但他并不后悔自己的所作所为，大丈夫立世，当立宏愿，申远志，风风雨雨，何所惧哉！而当对方得知自己的坎坷遭遇后，立即挥毫写下了《醉赠刘二十八使君》，表达了对自己的殷殷关切与无限同情，并当场承诺，返京后一定向当朝者反映情况，请求体恤。后来自己终于被放任到这人间天堂的苏州为官，也许真与白居易的说情通融有关吧？于是，刘禹锡也于醉意蒙眬之中，回赠了一首《酬乐天扬州初逢席上见赠》：

巴山楚水凄凉地，
二十三年弃置身。
怀旧空吟闻笛赋，
到乡翻似烂柯人。
沉舟侧畔千帆过，
病树前头万木春。
今日听君歌一曲，
暂凭杯酒长精神。

是呀，经历了这么多年的仕途坎坷与人情冷暖，自己早已了悟了：一切终将逝去，归于尘埃与虚无，而后来者也终将居上。那么，自己又何必为曾经的寂寞、蹉跎与苦难而忧伤呢？

这样想着，刘禹锡与李绅不觉已经来到了虎丘山脚下。此次李绅邀刘禹锡游虎丘，是专为赏梅而来的。李绅告诉他，三年前，白居易来到虎丘，看到一年四季百花次第绽放，唯独没有他所挚爱的梅花，便专门在云岩寺北开辟数亩荒地，种上红、白、蓝三色春梅。如今，白居易离苏州而去了，这虎丘的梅花也终于首度盛开了。进得山门，拾级而上近百步，云岩寺住持笑吟吟地站在寺门口迎接：“阿弥陀佛！欢迎二位施主光临鄙寺。”住持双手合十，长须飘飘，一副慈眉善目的模样。

刘禹锡和李绅在住持的引领下穿过两个院落，来到大雄宝殿，虔诚地进香礼佛；而后，又迂回绕过几道回廊，终于步入一间厢房坐定。厢房坐西朝东，方砖铺地，落地长窗，屋内陈设简约大方。窗外，一片初春朝阳朗照着的，便是梅园。住持亲自奉上两盏茶：“去年秋天自产的虎丘山茶，请二位施主品鉴！”住持殷勤地说。刘禹锡谢过之后，轻轻端起茶盏，掀开盖子，凑到鼻尖闻了闻，一股清香直沁心田。抿一口，苦苦的，苦过之后，却有一股甜滋滋的味儿从舌尖泛起。“嗯，苦尽甘来，好茶好茶！”刘禹锡不禁连连称赞。“梦得贤弟，你这是夫子自道呀！”李绅见状，意味深长地说。刘禹锡听罢，先是一愣，然后便会心地对着李绅点头微笑。

一旁的住持早就看出了眼前这两位对白的玄机，也深知李绅此次专程陪伴这位新任父母官上山赏梅的用意，便提议道：“二位施主，外面春色如此美好，不妨移步梅园，以遣雅兴。”

刘禹锡与李绅欣然起身，随着住持，信步向梅园走去。梅园里一片热闹。向阳处，各色花儿尽情绽放，白如春雪，红似朝霞，绿若星辰。背阴处，有的含苞待放，春情萌动；有的则不动声色，一副气定神闲的意态。刘禹锡时而驻足远望；时而随手扳过一条花枝，定睛细视，又凑近轻嗅，怡然陶然。毕竟还是早春，风儿吹来，依然透着丝丝的凉意。这满园的梅树，由秋而冬，经历了无数风霜雨雪的磨难，如今终于迎来了生命的春季，自然是欣喜万分，笑颜绽放了。忽然间，刘禹锡感觉自己就是被移栽到这中间的一树春梅。由此，他也深深领会了好友李绅特意陪伴自己到此赏梅的良苦用心了。抬头间，但见一丈开外处，李绅与住持对着面前的一树梅花正指指点点地说着什么，刘禹锡不禁想：自己与李绅，还有白居易，乃至这位云岩寺住持，本是素昧平生，可他们的善良、仁爱与热情，就像这春日的阳光，普照着自己原本苦寒的心田，深深地温暖了自己。这辈子宦海沉浮，没想到老来能享受如此人间温情，也该知足了！

当晚，刘禹锡他们留宿于云岩寺望梅楼。夜话的时候，住持告知他，这虎丘原名海涌山，得名于上古时期吴中大地洪水泛滥滔天之传说。不过由于此地处于太湖之滨，地势低洼，自古以来洪水成灾，当是真实的存在。本朝自安史之乱以来，国势式微，民生凋敝，每到春夏之交，常常是十年一大灾五年一小灾的。前些年，白居易主政苏州，疏通河道，修筑白堤，城

内险情终得彻底排除；可城外，尤其是东南面地势低洼处，江河湖泊因数十年来疏于疏浚，常常成为重灾区。“唉，但愿今年是个太平年！”末了，住持若有所思，幽幽地说。听到此处，刘禹锡的心头莫名地蒙上一层阴影。

深夜，刘禹锡辗转难眠，见屋外朗月流辉，便信步下楼，独自漫步于幽暗的虎丘夜色之中。抬头仰望，满天繁星，一轮明月正高悬于山巅的虎丘塔顶；脚下，剑池之水汩汩流淌。此情此景，让他不禁诗兴大发，便念念有词道：

独宿望梅楼，
夜深珍木冷。
僧房已闭户，
山月方出岭。
碧池涵剑彩，
宝刹摇星影……

（《苏州登虎丘寺望梅楼》）

当年的梅雨季节，持续了整整一个多月，天空像个硕大的筛子，将连绵的雨水持续不断地泻下。正如云岩寺住持所担忧的那样，苏州城外成为一片汪洋。刘禹锡有效调动了州、县、乡、里等各级行政机制，并在李绅等地方乡绅的鼎力支持下，全身心投入到了抗洪救灾之中……

相伴

午后的秋阳照耀着眼前的山林、坡地与远处的田野和村落。

王荫祥手拎一只做工考究的荸荠色圆形竹篓，独自站在林边的一堆坟茔前，眯起双眼，逆着满眼秋阳，痴痴地凝望着西方的天空。天空蓝得深青而虚无，没有一丝游云。

真娘，你去哪儿了呀？都说离开这尘俗之世，能魂归西天；可是我怎么总也找不到你呢？如若你在那边，哪怕化作一缕云霞，露个脸让我看看也行呀！王荫祥在心里默默地呐喊着。

长天穆穆，回答他的，是一行掠过视野的雁阵所抖落的清脆响亮的嘎嘎声。

良久，王荫祥才收回目光，专注于面前的坟茔。坟茔不大也不高，一如真娘生前娇小的身躯。坟头上覆盖着一圈厚密的野草，半黄不青的，纠结而缠绵，仿佛自己的思念。他弯下腰，一遍又一遍地轻轻抚摸着它们，就像当年抚摸真娘的那一头秀发一样；时而，还凑近嗅一嗅，感觉阵阵馨香直沁心脾。于是，他不由自主地席地坐在坟前，微闭双眼，任凭暖暖的秋阳沐浴周身，思绪却早已飞回到了十年以前。

那是个深秋的午后，姑苏城内山塘街上照例游人如织。摆摊的吆喝，挑担的叫唤；出游的富家公子三五成群，骄纵横行；散心的官宦小姐坐轿徐行，娇羞掩面。王荫祥只身走在这条熟悉的大街上。他今天没带任何随从，也无心欣赏这热闹喧哗的街景，只顾行色匆匆地赶着自己的路。来到熟悉的街角拐弯处的缘聚茶馆门口，他下意识地望了一眼店堂，但见里面的店小二阿成正半侧着身子站在一张正对大门的桌子前朝外张望呢！王荫祥赶紧向店门口走去，阿成也急忙迎了出来。这是真娘与他的约定，每隔十天，无论是否有事，他都会从茶馆的店小二阿成处打听到关于真娘的最新消息。而这十天的等候期内，他总是度日如年，生怕被囚禁于乐云楼内的真娘受到什么委屈，乃至发生什么不测。自然，他相信，真娘的感受应该也与自己是一般无二的。

“王公子，你总算来啦！”阿成一见王荫祥，便急忙道。“怎么啦？莫非真娘出什么事了？”见对方神色颇为张皇，王荫祥的心头不免掠过一丝阴影。此时，阿成又急切地加了句："真娘要你今天午后无论如何去她那儿一趟，说是有急事跟你商量呢！"王荫祥听罢，感觉事态有点儿严重；因为在他的记忆中，真娘遇事从来都是从容淡定的，可今天……他直愣愣地站在阿成面前，心里发慌，两眼发呆，双腿也有点儿发软，半个身子不由自主地斜靠在了旁边的桌上。半晌，方才回过神来，二话没说，径直掉头离开。到得大门口，方才意识到了什么似的，回转身，双手抱拳，冲阿成半躬着腰，拱了拱以致谢。旋即，他三步并作两步，跨出茶馆大门回到大街上，淹没在了熙来攘往的人流中。

王荫祥的脑海中一片空白。真娘那儿究竟发生了什么事，他暂时想不明白，也不想再去想。此刻，他只想早点赶到真娘身边。穿过三条街，拐过两个弯，不到半个时辰，他终于来到了位于山塘河边的乐云楼前。

门口的两个小厮熟识王荫祥，笑嘻嘻地跟他打招呼。可王荫祥没心思搭理他们，只是朝他们拱拱手，便匆匆步入楼下厅堂内。

"哎哟，王公子来啦？"正想上楼，见老鸨陈妈正一脸凶巴巴地站在楼梯口，看见他，便勉强挤出几分笑意。王荫祥本不想理睬她，可见她故意侧身拦在自己面前，大有不让他上楼的意思，便只得虚意回敬她一个笑脸，顺手从口袋里摸出两枚碎银塞进她手心。那陈妈下意识地捏了捏，旋即脸上洋溢出夹竹桃花般扎眼刺鼻的笑意："哎哟，王公子，你早就应该来看看我们真娘了呀！快上楼去吧，她正等着你呢！"王荫祥也不搭理她，只顾咚咚咚地上了楼，径直走向真娘所在的茉莉轩。

到得门口，王荫祥不由得放缓了脚步。正欲举手推开虚掩着的外门，却听到有缕缕熟悉的琴声传入耳际，那是真娘喜欢的《高山流水》。悄悄步入室内，隔着珠帘，只见真娘端坐于琐窗前，粉红色的披肩斜搭于后背，乌黑的秀发懒散地绾于脑后；随着双肩的一起一伏，那汩汩的琴音便从她面前抚弄着的琴弦上流淌而出。只是那泉水般的琴音时而哗哗倾泻，时而凝滞哽咽，又陡然间遁入荒漠般了无声息了，与平日里真娘所弹奏的意态迥异。王荫祥就这么侧耳谛听了良久，感觉真娘似乎并未发现自己的到来，便掀开珠帘，和往日一样，悄悄走到她身后，突然间伸出双手蒙住了她的眼睛。此刻，他明显感觉到真娘的整个身子瞬间抖动了下，但她并没有如往日般急切地转过身，娇嗔着搂住自己的脖子，随即倒入自己的怀中，而是收回双手，一动不动地直直地坐在那儿。才一会儿，他感觉自己的双手湿湿的，真娘的双肩也不时地抖动了起来。他立马转过真娘的身子，万般不舍地将泪眼蒙眬嘤嘤抽泣的她揉入了自己的怀中。

情绪稍事平复之后，真娘方才告知了王荫祥原委。原来，就在十几天前，她曾经的"恩人"兼义父胡山，不知怎的竟然又找到了她，还买通了老鸨陈妈，说是要纳她为妾，并隔三岔五地到乐云楼来纠缠她。一开始，真娘只是婉拒，并告知对方自己卖艺不卖身，更不可能委身为他人之妾。可那胡山不仅不知收敛，而且一而再再而三地继续骚扰自己。到后来，甚至还请来陈妈对自己软硬兼施地加以胁迫。真娘万般无奈，只得将自己早已心属于王荫祥的实情告知了他。没想到那胡山竟然莫名其妙地恼羞成怒起来，说自己要钱有钱要势有势，哪一点都比王荫祥强百倍，这真娘他是非要不可了！到了昨天，甚至死皮赖脸地提出了要在真娘处过夜的无理要求。真娘忍无可忍，但又无计可施，只得用一把剪刀对准自己的咽喉以死相拼，方才让那恶棍与陈妈打消了念头，暂且知难而退。当晚，惊魂未定而又孤独无依的真娘，只得让前来给自己送夜宵的缘聚茶馆伙计阿成，给王荫祥传递消息，商量对策。如今，真娘终于等来了自己的心上人，这满腔的委屈与无助，便化作无尽的泪水全都奔涌而出了。

王荫祥一边轻抚着真娘的脖子，一边嗅着她那散发出阵阵幽香的秀发，心里暗暗发誓：一定要将真娘尽快赎身出乐云楼，并将眼前这位昔日的大家闺秀明媒正娶，给她以一生的呵护与幸福！

啪啪啪！骤然间，两只灰鹊扑棱着翅膀停留到王荫祥面前的坟头上，睁着乌黑圆亮的眼睛注视着他。它们也是来看望真娘的么？王荫祥这样想着，便从竹篓里取出三荤三素菜肴、水果，还有酒盅筷子之类，在坟前一一摆放整齐，又洒上黄酒，点上三支香。最后，又从竹篓底部掏出一小包红菱，放在一旁。一切准备就绪，王荫祥便退后两步，两腿跪地，双手合十，对着坟头深深地叩了三个头。然后，他直起身子，顺势盘腿坐在了草甸上。面对着眼前的菜肴，看着缕缕香烟在坟头上空袅袅盘旋、升腾、消散，王荫祥在心里喃喃道：真娘呀，记得上次我们坐在一起吃饭还是清明的时候，一晃今天已经是重阳了。都是你爱吃的小菜，还特地给你带来了你所钟爱的红菱呢。还是老样子，我们就边吃边聊吧！说罢，他就眯起双眼，痴痴地坐在那儿，仿佛是在等待着真娘跟自己说话呢。

恍惚间，王荫祥分明看见真娘正款款坐于自己对面，一袭罗衣轻漾，双臂莹洁如藕，朱唇微启，似乎正想要跟自己说些什么。只是她的双眼如同两潭秋后的静水，深邃而满含幽怨，让王荫祥心疼又无奈。

那天晚上，在王荫祥的一番抚慰下，真娘的心情终于暂且得以平复。尽管楼下的陈妈几次差人来茉莉轩商量，要求真娘接待前来喝花茶的一位官宦，但硬是被真娘一次次地拒绝了。她将缘聚茶馆阿成送过来的几样菜肴悉数摆放出来，又要来了一壶黄酒，便与王荫祥一起浅斟慢酌了起来。面对着自己心中的如意郎君，真娘虽有几分羞怯，但还是平静又不失温婉地频频给王荫祥敬酒、夹菜；因为她明白，自己能与心爱的人如此亲密接触的时间也许不会太多了。两盅黄酒下肚，真娘的两颊红红的，心头也热热的，话自然也就多了起来。虽然此前她曾零星地告知过王荫祥一些关于自己的过去，但今天，她一定要将自己的身世向今生唯一爱过的男人和盘托出，否则怕是以后再也没有机会了。

她本是大唐京城长安城内的官宦千金，姓胡名瑞珍，真娘是她流落到姑苏城被卖进乐云楼后才起的艺名。那年六月的一个深夜，被围困多日的长安城终于被安禄山叛军攻破。就在当天傍晚，身为礼部左侍郎的父亲抛家别舍，经过一番乔装打扮，带着母亲、兄长和自己，混在难民堆里，惊慌失措地逃到了城外的一座破庙里。靠着四面漏风的庙墙，好不容易挨过了脏乱、嘈杂的一宿。年仅十岁的她又跟着家人，一路风餐露宿，终于在一个月后到达东都洛阳，想暂且投靠一位在当地当刺史的远房亲戚，以等待战事平息后再返回长安。谁知因害怕烽火烧身，那亲戚早已弃官返乡去了。就这样在洛阳勾留了十来天，眼看着这场战事一年半载也难以平息，权衡再三，父亲终于彻底放弃了返回京城的念头，并下定决心要与其他众多官宦一样，携妻儿前往南方避难。于是，她与家人一路向东，又是经历了大半个月的困顿奔波，一家人方才来到了汴州（河南开封），想坐船沿京杭大运河一路南下，跨过长江，直抵杭州。

八月底全家才搭上一条盐商的便船，从汴州出发。一路上为避兵燹匪患，走走停停；抵达扬州时，因母亲染病，被迫上岸调养了数日。为了赶在秋凉前抵达目的地，待母亲病情稍事

虎丘

好转，父亲便又雇船继续南下。印象中，那船不大，漂泊在大运河上，一家人挤在船舱内，颠簸得她前仰后合，晕晕乎乎地直想吐。从扬州出发后不到一个时辰，船便进入了长江水域。此时，船颠簸得更剧烈了，把她和哥哥、母亲三个都摇晃得几乎在舱内翻滚了起来。掀开竹帘向窗外望去，天空乱云横渡，江面狂风呼啸，波浪汹涌。船家说，遇上台风了！可是已经进入江面了，绝无返回的道理，只有硬着头皮继续往前航行了。渐渐习惯了持续颠簸的她，静静地伏在母亲怀里，恍惚间，感觉自己仿佛回到了几年前坐在马车里，去长安城郊外的塬上春游的情形了。那时的她，尽管被坑坑洼洼尘土飞扬的土路折腾得够呛，但因了郊外那片桃红柳绿烂漫春色的诱惑，心里还是甜滋滋的。如今，自打逃出长安城以来，父母就不断地告诉她，只要远离了这片战乱区域，抵达那方全家人所向往的风光旖旎的南方，便可安家乐业了。迷迷糊糊中，伴随着一阵滔天喧响，她感觉有一股神秘的力量骤然间把自己从谷底奋力向山巅抛去，旋即又急速向悬崖扔去，就如同不久前在自家院子里惊险刺激的荡秋千一样。然后，仿佛记忆的世界被瞬间割裂一般，她就什么也不知道了。

醒来时，她发现自己已经躺在一个窗明几净的房间里了。坐在她身边的是一位陌生的妇人，年龄容貌跟母亲相仿。此刻，年幼的她脑海里一片空白。好久，她才依稀忆起自己在波涛汹涌的江面上颠簸的场景。“阿娘，阿爹！”她突然坐起身子，眼睛里充满惊恐地喊道。“孩子，好好休息吧，以后这儿就是你的家了。”身边的妇人一手抚着她的肩膀，满脸慈祥地安慰道。也许是听到了她的惊喊声，此时从外面又进来了一位中年男子，胡子拉碴，黝黑的脸上刻满道道沟壑，双眼似两汪泛着寒气的秋水。这模样，像极了之前自己京城家里那个打杂的脚夫。她本能地向后挪了挪身子，想要竭力躲避；同时拼命哭喊了起来：“我要阿娘阿爹！”“孩子，”那妇人侧过脸朝一旁站着的男子对望了一眼，继续和蔼地说道：“以后呀，我们就是你的阿娘和阿爹了！”一时间，她仿佛什么都明白了，当即号啕大哭起来，哭得撕心裂肺。

此后，孤苦无依的她便在这对常年在大运河上做漕运生意的陌生夫妇的家正式住下，成为了他们的义女，其义父名叫胡山。半年后，为躲避一群溃退的游兵散勇的水上抢劫，夫妇俩不幸翻船溺水，不习水性的妇人当场身亡。随后，其义父便带着她辗转来到姑苏。五年后，她已长成了花容月貌般的美少女，独自在家打理日常生活。怎奈身为义父的胡山却整年吃喝嫖赌，将之前与亡妻辛苦积攒下的家底挥霍一空，并欠下了大笔赌债。那天深夜，喝得神志糊涂的胡山回到家，居然偷偷摸到她房间，想要玷污她的身子。惊恐莫名的她竭力反抗，方得幸免。此后胡山又多次软硬兼施地意欲占有她，均被她严词拒绝。终于，胡山恼羞成怒，把她卖给了乐云楼。

亲生父母的不知所终，胡山的丧心病狂，乐云楼卖唱生活的屈辱，这一切都让她对生活心灰意冷。直至王荫祥的出现，方才让她重又燃起了对生活的希望。可胡山的再次出现，加之老鸨陈妈的为虎作伥，让她再次陷入了梦魇般的恐惧与绝望之中。她深知，眼前的这位男人虽然深爱着自己，给了她地狱般痛苦生活中唯一的温暖与慰藉，但他是决计没有这个财力与能力让自己脱离这片苦海的。她此生唯一希望的只是能让对方理解自己，懂自己！

听罢真娘推心置腹的诉说，王荫祥一时陷入了深深的痛苦与绝望之中。好久好久，他才站起身，走到真娘身边坐下，无限爱怜地抚摸着她，但始终说不出一句安慰她的话；因为他知道，此刻，任何语言都是多余的。

笃笃笃，不知什么时候，外面传来了打更声。他们两个相拥而坐，向窗外望去，远处的香樟树梢头，一弯残月斜挂。

第二天中午，店小二阿成惊慌失措地找到王荫祥，告知了他真娘于茉莉轩自缢身亡的消息。当天下午，当王荫祥失魂落魄地赶到乐云楼的时候，陈妈却把真娘的尸首藏匿了起来，死活不让他看到，更不允许他领回。悲痛欲绝的他，只得花钱草草收拾了真娘生前的几件衣物，厚葬于虎丘山下，以作永久的念想。

阵阵野风吹来，王荫祥不禁打了几个寒噤。环视四周，一片幽阒，浓重的暮色正潮水般涌来。王荫祥忽然觉得有一股前所未有的孤独感，正伴随着苍茫的夜色向他汹涌而来，要将他吞噬。一场战争，一次王朝的动荡，硬生生地让像真娘那样的无数个家庭分崩离析，让无数个像真娘那样的生命漂泊异乡。生而如蝼蚁，死而如草芥，这是何等的无助与无奈啊！如今，虽说命运让他与真娘永隔于阴阳两界，但毕竟他还能与自己心爱的女人常相陪伴，也就知足了。他只希望能有来生，好让自己与真娘常相厮守！

“真娘呀，我走了。你一定要好生照顾自己，待到明年春天，我会再来看你的！”王荫祥站起身，自言自语地对真娘说道。然后，拖着踽踽的身影消失在苍茫暮色之中。

回答他的，是头顶上那莹莹的星星，一如真娘幽怨的眼睛。

那一番散淡如清风明月的情怀

散淡是一种随性，是彻底放下功名利禄后的随心所欲。自古以来，那些散淡者虽个人遭际各不相同，却大都满腹经纶又恃才傲物。他们有的贫困潦倒浪迹江湖，却放荡不羁；有的寄身豪门叱咤文坛，也逍遥自在；还有的家底殷实从容优雅，更是别具一番清澈澄明的情怀，就如这陆龟蒙。

陆龟蒙是姑苏甫里（角直）人，生活于晚唐年间。那时的大唐皇朝，藩镇割据愈演愈烈，官场与社会风气腐败不堪，饥民揭竿而起随处可见。就像一位暮气沉沉、病入膏肓的老人，虽然各个系统依然正常运作，但谁也说不清什么时候它就会有个三长两短的。

唐文宗太和五年（831）秋天，二十岁的陆龟蒙在家人的再三催促下，准备赴京城长安参加科举考试。看样子，他和平时一样，依然轻轻松松的，毫无其他士子那样的紧张焦虑之感；不了解的，还以为他胸有成竹呢！替他焦虑的倒是他的父亲陆宾虞。这时的陆宾虞正在京城任检察御史，他一方面鸿书频传，指导关照陆龟蒙做好一切应试的准备，另一方面在朝内竭力运作，物色请托之人。因为他深知自己这位儿子的脾性，散漫、叛逆、不羁，对科举功名向来都不以为怀；如果不是自己长期以来的软硬兼施与耳提面命，他压根儿就不会去动这博取功名的念头。

陆龟蒙像完成任务似的进京赶考了一回，自知也不会有什么希望。为了应付父亲，他在京城勾留了几天，便逃也似的返回了家乡甫里。待到黄榜揭晓，陆龟蒙自然是名落孙山，气得陆宾虞七窍生烟，大病了一场。这样的结局，让他在朝中同僚面前丢尽了脸面暂且不说，更重要的是，世世代代作为家乡甫里名门望族的陆家从此后继无人，这可如何是好？于是，陆宾虞称病告假，也回到了甫里，准备亲自监督儿子寒窗苦读，以待来年再取功名。

作为惩戒，陆龟蒙被父亲关进了陆家宗祠，进行反思。祠堂内一片昏暗，只有从天窗漏进的几缕亮光，气氛有点阴森恐怖。陆龟蒙跪在列祖列宗面前，面对着他们的牌位与画像，内心却丝毫没有恐惧，而是充满了深深的愧疚。追宗思源，陆家在甫里乃至姑苏都是数一数二的豪门望族。自七世祖至五世祖，陆家连续出了三代宰相；四世祖以下，直至其父亲，也无一例外都是朝廷命官。如此显赫的门第，如果到了他这一代断了延续，实在是愧对祖宗的。想到这儿，他也就深深理解了父亲的良苦用心，甚至从内心升腾起了对父亲丝丝缕缕的悲悯之情。回想自己自懂事起便是在父亲在饶州（含今上饶、鹰潭、景德镇地区）的衙署长大的，作为饶州刺史的公子，他亲眼目睹了太多官场上的迎来送往与勾心斗角，也多少体验到了点世态炎凉与人情冷暖。因此，他从内心是排斥这种官宦生活的。此后父亲升迁去了京城，他遵从父命回到家乡，拜师研习科考。多年的乡间生活，让他更直接、更深刻地体会到了底层民众的疾苦：地方官吏的横征暴敛，土豪劣绅的巧取豪夺，加之连年不断的洪灾与旱灾，让乡民们几乎终年过着衣不蔽体、食不果腹的生活。活生生的现实生活不断刺激、震撼着年轻陆龟蒙的心灵，也渐渐消弭了父亲希望他以博取功名步入仕途的美好幻想。此时的陆龟蒙，对于父亲所竭力推崇的官宦生活，已产生了越来越强烈的不屑乃至厌恶之感了。

那天午后，贴身丫环照例来到祠堂照料陆龟蒙生活。丫环告知他，他的师兄，父亲的门生，现任湖州刺史张博前来甫里拜会其父亲，并点名要见他。陆龟蒙心头暗自掠过一阵欣喜，他知道自己很快将要恢复自由，回归正常生活了。果然，第二天早上，他被唤到父亲跟前，与张博相见。几天不见，父亲竟然一反之前严厉的常态，和蔼地问自己道：“鲁望呀，为父想安排你跟随张刺史前往湖州衙署从事，可好？”陆龟蒙本来还在为父亲如此判若两人的态度而诧异，听到这个消息，更是被懵住了：莫非父亲是要换个地方监管自己？他看看一旁的张刺史，对方正满脸堆笑地望着自己，还不时地对自己微微点头，似乎感觉又不是那么一回事。“好吧，我听从父亲大人的安排。”末了，陆龟蒙知道自己别无选择，也就不再多想，爽快地答应了。

数日之后，父亲返京去了。陆龟蒙带着一位书童与一名贴身丫环，乘坐满载书籍、茶具、钓具以及一应日常生活用品的小舟，从家乡甫里出发，经由吴淞江进入太湖，终于抵达了湖州刺史张博的衙署任职。刺史从事其实是个十分清闲的职位，加之有父亲的那层关系，张博对他照顾有加。因此，陆龟蒙在湖州的生活可谓无拘无束，逍遥自在。他就像一只脱离了牢笼的云雀，一头放归山林的野鹿，朝迎曙光，暮送夕阳，整日与山石泉壑为伴，以行游云水为乐。

那天早上，陆龟蒙去衙署点了个卯，看看也没什么公干，便带着跟班书童去附近山里转转。时令已是深秋，连续几天的浓雾天气看来也没有消散的意思。山林里雾蒙蒙湿漉漉的。循着似有若无的山间小道，陆龟蒙深一脚浅一脚地向山林深处走去。脚下的落叶铺了厚厚的一层，踩上去瑟瑟作声；眼前错杂的树枝上，零星地垂挂着红的黄的或灰绿的各色叶子，仿佛一面面彩旗，在迎接自己的到来。视线不过数米，之外全是白蒙蒙的混沌一片。走了两个多时辰，陆龟蒙感觉自己已经迷失了方向，心里不免冒出几丝恐慌之感。猛抬头，面前竟然矗立着两间茅屋。定了定神，直了直汗渍渍的背，陆龟蒙感觉自己又累又渴；再看看身边的书童，已经猫着腰，双手撑住膝盖，在一旁直喘粗气了。轻轻地敲了几下门，屋内迎出一位六十多岁的老者，身后还坐着一位老妇，正埋头织补着一张银灰色的渔网。看到陆龟蒙他们，老妇站起身，便满脸堆笑地招呼进屋坐下歇息，并去灶间端出一瓦罐茶水，倒给客人。

陆龟蒙谢过之后，看看青瓷茶盏里正冒着热气的老黄酒色泽的茶水，很是好奇。轻轻端起送到鼻尖一闻，一股醉人的香气直沁心肺；呷上一口，更是唇齿留香，回味无穷。他放下茶盏，道："谢谢两位老人家，真是绝色好茶呢！"老人看到陆龟蒙如此称赞，很是感动，说这是隔年的山间野茶，去年春上采摘的，因为黄梅天受潮发了霉，夏日里晒过几个日头后，藏在陶瓮里，当作家常解乏消渴的饮品。于是去里屋取出一捧送到陆龟蒙跟前："山里人家一点不值铜钿的小东西，给先生尝尝。"陆龟蒙一看，这些卷曲成细条状的茶叶呈酱赤色，凑近闻闻，异香扑鼻，甚是醉人。陆龟蒙来了兴致，向两位老人仔细打听了一番有关这山茶的情况后，便请求老人带着自己去山野实地察看。

山野的雾气不知什么时候全都消散了，天空一片湛蓝，秋阳洒在身上，暖洋洋的。整个山林里弥漫着一派成熟的气息：

橙色的山橘，鲜红的苹果，还有其他各种不知名的灌木浆果的甜香，夹杂着随处可见的野菊花的浓香，扑面涌来。向东翻过两个山头，眼前竟然出现一片硕大的山坞。山坞沿着挺拔的山势呈不规则的 U 字形展开，山坞里树木蓊郁，坡地舒缓，山坞尽头则是细浪翻滚、一望无际的太湖了。这真是一块难得的风水宝地呀！陆龟蒙又惊又喜。老人告知他，这一片临湖的大山统称顾渚山，山里散居着五六十户人家，他们春夏侍弄山林里的茶树、果树及其他作物，秋天下湖捕鱼，到了冬天则又返回山里狩猎。年复一年靠山吃饭，没个固定的收入，这日子过得也就凄凄惶惶的。陆龟蒙默不作声，却若有所思。他跟着老人徐徐下了坡，进入山坞，低头仔细察看了那一丛丛、一行行夹杂在各种果树间的茶树，又抬头环顾四周，当即决定要在这儿置办一片茶园。一则可以请这几十户山民前来栽培茶树，凭着自己在衙署的运作能力帮他们打开销路，增加收入；二则也好让自己能整日晤对这佳山胜水，怡情悦性。

第二年春天，从山坡到山坞，一片偌大的百亩茶园便呈现在陆龟蒙的面前。那天一清早，他从紧靠着西北角山坡的两间木屋里走出，看着眼前苍翠鲜亮的茶园，喜悦之情便如这漫山遍野的鲜花，塞满心田。自去年入冬以来，在刺史张博的全力支持下，依托衙署优势，他多方奔走，终于正式购置了这片茶园，取名为顾渚山茶园。同时还就地取材，搭建了两间木屋，作为自己的经营与休闲之所，名为散淡居。其实，这片茶园名义上是他购置的，经营与收入全都归这附近山里的几十户山民。刺史从事的收入足够他开销，他无须与民争利。他要的就是凭一己之力，让山民过上安逸的日子；要的就是能让自己行游自然，逍遥山水。

太阳从对面沧茫的太湖水面上一跃而出，冉冉上升，不一会儿便爬到了树顶。山民们提篮背篓，陆续进入茶园，准备采摘今春的最后一批茶芽。从雨前茶到明前茶，再到现在的炒青茶，这顾渚山茶因其绵软如蚕的质感、蜷曲如花的外形，与花香果味的醇厚口感而大受市场追捧，销量直线攀升。山民们自然是喜不自胜。待到今年梅雨季节来临前，还可以采摘一批老茶叶，然后发酵，制作成红茶，就像自己去年秋天在老人家里喝到的那样。这样想着，陆龟蒙抬头看到山民们都已经散落在茶园里埋头采摘了，便自得地笑了笑，转身进了屋，坐到桌前，展纸提笔，继续写他的那本《茶书》。从去年冬天以来，从对茶树幼苗的培育、分株移栽，到给老树修剪、培土施肥；从茶树与其他花果树木间距的估算，到茶园里排水沟渠的开挖；从茶芽采摘时机的选择，到茶叶烘焙火候的把握，陆龟蒙无不与山民们一起全程参与。同时，他还要效仿其同姓前辈陆羽，著作一本书，把茶树种植栽培的心得与经验一一记录下来，以资当下与后来者参考。

江南的梅雨季节冗长而拖沓。整整一个雨季，除了有限的衙署公干，陆龟蒙几乎都是在茶园度过的。白天，他与山民们一起冒着风雨下湖打鱼。梅雨天闷热，鱼虾们成群地窜到浅水区吸氧透气，所以每次出湖山民们都是满载而归；大家把收获的大部分运到街市上出售，剩下的还能自己享用。有时，他也会去山民家中叙话品茗与喝酒。如今，他感觉自己已是山民中的一员，走到哪儿都有人家招呼他吃饭。而山民们也压根儿不把他当成一名地方官吏；在大家的心目中，他仿佛就是一位普通的山里人。到了晚上，他就埋头研究茶艺，著作他的《茶书》。山外的朋友纷纷以诗传书，无不透露殷殷关切之情。他则一一和诗回复，就这样，一组传神再现散淡于山野云水之间的茶客心意的《和茶具十咏》诞生了。

夏日如期而至。相较外面的赤日炎炎，山间湖边的日子却格外的凉爽舒适。陆龟蒙整天猫在茶园的木屋里，白天读书刊校古籍，累了就蒙头大睡；到了傍晚，就去湖边垂钓。山外的坏消息接踵而至：藩镇勾结边地外族势力作乱，饥民揭竿造反，朝中权臣挟主……而最触动陆龟蒙心境的莫过于朝廷暂停科考的消息。此刻，他终于领悟到了去年父亲不再逼迫他参加科考，而派他来湖州任刺史从事的良苦用心。此刻，他更庆幸能把自己派放到眼下这个清静的空间里，自由地安排自己的生活，将生命的光阴化为散淡的山居岁月。

月儿升起来了。清辉从广袤的苍穹倾泻而下，洒满了身后的群山、茶园与自己的小木屋，也融化进了眼前的这片波光粼粼的湖面。夜风阵阵吹来，和着湖上的水声与山中的鸟声。陆龟蒙静坐在崖下湖边，一副气定神闲的意态。良久，他返回木屋，坐到桌边，挥笔自题一联曰：

心散形散神不散，

风淡月淡情难淡。

苏学士情暖定慧寺

大宋朝元佑六年（1091）一个暮春的晚上。姑苏城东，相门脚下的定慧禅院内。

晚课业已完毕，后院一长溜僧舍的灯火都次第熄灭了。此刻，靠东头一间的灯火却依然亮着，小和尚卓契顺把门虚掩上，然后轻手轻脚地穿过一道院落，向斋堂走去。不一会儿，他便小心翼翼地端着两盏青花茶盅，提着一壶开水，向方丈室走去。严格地说，小和尚不是真正的和尚，而是一位有着苦难身世的“净人”。当他流落街头成为乞丐时，有幸被路过的方丈守钦收为徒弟，从此成为一名定慧禅院内特殊的出家人。也许是因为他不幸的身世吧，加上他的机灵聪慧，守钦方丈对他疼爱有加，把他留在身边，成了一名贴身随从。

小和尚在方丈室门口立定，轻叩门板，而后吱呀一声推门进入。只见正南面的窗户下，方丈守钦与一位客官面对面正襟危坐，正说着一些让他半懂不懂的话；一豆油灯的光亮在桌子中间摇曳着，只把他们的脸面照出个轮廓。“师父，茶水来了。”小和尚迟疑片刻，在一旁报告道。方丈守钦微微转过身子，捋一捋雪白的长须，笑容可掬：“来，徒儿，见过苏大学士。”卓契顺轻轻地将茶水端到客人面前，然后双手合十，道：“阿弥陀佛，小僧卓契顺见过苏大学士！”那位客官随即也侧过身子，看见是个孩子，便一脸慈善地回敬道：“罪过罪过，有劳小师父。”而后，便又伸手摸摸小和尚的头，道：“好可爱的孩子！多大啦？”“回大学士，一十有三了。”那位客官见这孩子如此机灵，满心欢喜地把他拉过来揉进怀里，跟守钦方丈一起哈哈大笑起来。笑声爽朗，飞出窗外，打破春夜的宁静，在整个定慧禅院内回旋，不经意间还惊扰了院内老榆树上夜宿的鸟儿。鸟儿们纷纷扑棱着翅膀，向沉沉的春夜深处弹射而去。

这位客官便是当朝赫赫有名的龙图阁大学士、现任杭州知州的苏轼先生。日前接到圣旨，要他回朝复命，他便于昨日沿京杭大运河星夜兼程一路北上，准备赶回京都。今天傍晚在苏州靠岸，一来稍事歇息，二来与故友守钦方丈道别。其实，连苏大学士自己也说不清已经是第几次到苏州了。早年在杭州任通判、湖州任知州期间，公事繁忙之余，他曾多次偷闲来苏州游玩，并在守钦方丈处落脚，渐渐地与这位方外之人便成了知己故交。而这次前来，他的心情却格外地复杂忐忑，他深知“高处不胜寒”，曾屡次上书朝廷要求自贬外放，可朝中依然有人不肯放过他，今番进京，究竟是祸是福，他心里真的丝毫没底。不过，一向仗义重情的苏大学士，只要面对知己故交，便会沉醉在浓浓的人间暖情中，甚至于忘乎所以了！刚才他与守钦方丈正夜谈得入港，见到如此眉清目秀如莲花般清纯的小孩子来到跟前，怎不让他心生欢喜？他就是他，尽管宦海沉浮、饱经沧桑，但面对人间的纯美物事，他的心永远不会起茧。

此后两天，苏大学士又顺道拜访过苏州城内的好友闾邱孝终与虎丘禅寺的智通禅师。

第四天清早，守钦方丈与徒弟卓契顺将苏大学士一路相送至城西北阊门码头。方欲登船继续北上，只见一群歌女迤逦而来，也来为他送行。原来前些天傍晚，苏大学士的船儿在相门一靠岸，便有歌女认出了他，消息不胫而走，歌女们知晓大学士将进京复命，似乎隐约觉得此番他离开苏杭，将很难再会，就自发前来送行。而此刻，我们的苏大学士难掩激动与感动之情，当下命随从要来笔墨纸砚，赋词一首：

苍颜华发，
故山归计何时决！
旧交新贵音书绝，

惟有佳人，
犹作殷勤别。

离亭欲去歌声咽，
潇潇细雨凉吹颊。
泪珠不用罗巾浥，
弹在罗衫，
图得见时说。

这便是著名的《醉落魄·苏州阊门留别》。“图得见时说”，其实，他知道自己也许再也不会回来了，再也不会回到苏杭这方曾经给他以无限温暖的富庶之地了，因为朝中就是有人见不得他安逸。此后的遭际一如他自己所料，不久，他便被远贬到荒蛮之地岭南的惠州，再后来更是被抛弃到了海中的荒岛儋州。

绍圣二年（1095）一个深冬的午后，天空阴沉沉的，偶尔有几缕暖阳透过厚重的云层射向大地。此刻，谪居岭南惠州知州已一年有余的苏大学士正在自己的衙署打盹，忽然听到衙门口叫嚷一片，他意态慵懒地踱到门口，只见一个蓬头垢面、衣衫褴褛的小和尚正在跟自己的衙役理论。他定睛仔细打量片刻，万分惊讶：这不是定慧禅院的卓契顺吗？虽然个头长高了不少，可面容形貌依然跟五年前相仿。于是，大学士赶紧把卓契顺请到后衙休息。经过一番打听，这位远道而来的不速之客才向苏大学士道明了缘由。原来，大学士的长子苏迈这年秋天正带着一家老小住在毗邻苏州的宜兴，全家人苦苦思念贬谪于岭南惠州的父亲，但山河阻隔，难以寄送家书，便来到定慧禅院向守钦方丈求助，而方丈一时竟也无计可施，只是长吁短叹。不料一旁的卓契顺听说后对苏迈说：“惠州不在天上，只要不停地走，总是能走到的。我愿意为你们去送家书！”于是风餐露宿，跋山涉水，一路化缘，足足走了三个多月，终于把书信送到了东坡的手中。

大学士看到当年的这位清纯可爱的孩子如今为了给自己送达家书而变得脸色乌黑，脚生重茧，疲惫不堪，不禁感动得热泪盈眶。

夜阑相对梦魂间

作为中国文化史上不可或缺的大家，苏轼的确从未主政过苏州，但他却于苏州的周边地区，诸如杭州、湖州、扬州等地长期为官，最后又终老于毗邻苏州的常州。史料记载，他曾数度造访苏州，留恋苏州的山水风物与人物。而苏州的“二丘”，更是与其结下了不解之缘，用他自己的话说便是“过姑苏，不游虎丘，不谒闾邸，为二欠事”。

时间回到大宋哲宗皇帝元祐六年（1091）的仲春时节。

春夜，月朗星稀。姑苏城里卧龙街（人民路）东侧的一条深巷中，闾邸宅的西厢房内，烛光摇曳，清茶飘香。此刻，两位中年男子就着琐窗，正襟危坐，正秉烛夜谈。他们时而把盏品茗，似乎正在品鉴着当年的地产新茶；时而对着面前的一幅书画作品指指点点，仿佛又在欣赏着什么妙不可言的禅意玄机。朝东者五短身材，略微肥硕，满脸慈祥，为主人闾邱孝终。面西者身材魁梧，长须飘飘，目光深邃，乃当朝文坛大家、时任杭州知州苏轼。

窗外，隔着一方院落，靠南的客房内，两位年轻的女眷斜倚着案几，并肩紧挨坐着，扶着彼此的素手，也正亲密地说着话。她们便是闾邱孝终的二姨太伍氏与苏轼年轻的妻子王朝云。说着说着，还不时地发出清脆欢乐的笑声。笑声飞出屋外，穿过院落，漏进西厢房内，打断了两位好友的话题。他们便会心地相视彼此，随即仿佛受了什么感染似的，也发出了爽朗的笑声。

苏轼此番抵达姑苏造访闾邱孝终，说是顺道，其实是特意安排的。随着当今圣上哲宗皇帝登基，太后主政朝廷，自己自“乌台诗案”以来的牢狱之灾、幽居黄州的生活终于告一段落。外放人间天堂杭州太守的生活可谓让他舒心惬意。可眼看着三年任期行将届满，他既不舍又无奈。日前他终于接到朝廷诏书，限其一月之内回京城述职复命。想到此番回朝之后，自己也许再无机会前来苏杭之地了，再也无缘与恩公闾邱孝终相见了。于是他赶紧办完了杭州衙署的所有交割手续，辞别了当地的故友新朋，携带妻儿家眷，沿着京杭大运河一路北上，终于于当晚抵达姑苏阊门码头，并一路马不停蹄地来到闾邱孝终宅第。他想在这座他曾经无数次到访过的城市好好勾留几日，看看风景，会会老友，叙叙友情。

“子瞻此番返京面圣，又有司马公（司马光）举荐，必将担当大任，实乃朝廷之幸，苍生之福呀！”闾邱孝终忽然举起茶盏，抿了一口，微笑着对苏轼说道。听口气，苏轼感觉对方似乎隐约已经知晓自己此次回朝的新任命了。是呀，闾邱孝终如今虽以朝议大夫身份闲居故里，但其门生故吏遍布朝野，消息自然灵通。他是在故意给自己透露信息呢！虽然自己跟闾邱为至交，但也不便多问。再说这数十年宦海沉浮，他早已看淡了一切，为官一任，尽力而为无愧于心即可。所以，升也好，降也罢，他都能坦然面对。“多谢恩公提点！不管官居何职，身处何地，在下必当以社稷为重，百姓为念，尽力做好本分之事。”苏轼也举起茶盏，回敬了对方。闾邱孝终乃自己的前辈，又是恩人，所以苏轼一向以恩公相称。闾邱孝终见苏轼如此喜怒不形于色，不禁暗暗惊叹：这子瞻，已非当年黄州之子瞻了！而苏轼也似乎看出了对方的心思，真诚地说道：“再说，如若没有当年恩公的垂爱庇佑，哪有在下之今日啊！”

于是，苏轼的思绪，便穿越漫漫时空，又回到了十年之前的黄州（湖北黄冈）。

神宗元丰三年（1080）农历十二月二十八日，一个年关将近的日子，在蒙受了长达一百零三天的牢狱之灾后，苏轼终于以戴罪之身，被贬官到黄州任团练副使（民团副团长）。这是一个有名无实的官职，苏轼深知，实际上自己是从御史台的三尺牢房，被迁徙到了黄州这个大的牢房被监视居住；而牢头则由凶悍的小吏变成了时任黄州知州的闾邱孝终。

到达黄州当天，全家二十余口人被暂时安置于一个被废置的驿站。天寒地冻，屋破灶冷，可谓落魄凄惶！大年三十的午后，枯坐于桌前的苏轼回想起自己这半年来所遭受的无妄之灾，仍然惊魂未定。当年农历七月中旬的一个下午，自己好端端地在湖州知州衙署办理公务，哪承想突然闯进了一干朝廷公差，一通宣读圣旨之后，自己就被以“玩弄朝廷，讥讽圣上”等莫须有的罪名，解押至京城御史台监狱。接着便是近四个月的严刑拷问，甚至数度濒临被问斩的境地。幸亏本朝太祖皇帝赵匡胤早就定下了不杀仕大臣的国策，加之家人与师友，尤其是恩师欧阳修的竭力运作，才使自己幸免于难。欧阳修可谓自己名副其实的恩师，犹记仁宗嘉佑元年（1056），二十一岁的自己首次出川赴京参加科考，翌年，又参加了礼部考试，以一篇《行赏忠厚之至论》获得了文坛领袖、时任主考官欧阳修的赏识，高中进士第二名。而更让当年意气风发的自己名震朝野的是当时比自己足足年长了三十岁的欧阳公所褒奖的那句话：“此人他日文章必独步天下！”怎奈自己命途多舛，如今却落得个如此凄惨的境地。

“老爷，闾邱大人探望你来了。”侍女王朝云话音未落，只见黄州知州闾邱孝终已经走到自己跟前：“子瞻哪，委屈你了！”闾邱知州显然有些激动，声音也有些颤抖了。苏轼先是一愣，旋即起身相迎，紧紧握住闾邱孝终的双手，眼里噙满了泪水。是呀，他万万没有想到此时此刻闾邱知州居然会来探望自己！打从自己遭难以来，从前的许多同僚故旧纷纷远离而去，避之惟恐不及；而身为受朝廷之命负责监管自己的闾邱知州，却冒着极大的政治风险前来探望自己，这是何等的有情有义呀！一旁的侍女王朝云见状，急忙招呼闾邱大人落座，并殷勤地奉上茶水。于是，两位老友便开始品茗叙旧。闾邱大人随即吩咐随从奉上了一些银两、过年的食材以及许多生活用品，他知道苏轼无酒不欢，还特地带来了两坛当地的陈酿供老友品尝。

闾邱是苏轼的密友，稍年长于苏轼。乌台诗案之前，苏轼刚由密州调任徐州知州，而闾邱其时适逢离京返回故乡苏州，途经徐州。热情好客的苏轼特地设宴款待，临别时作《浣溪沙·赠闾邱朝议，时还徐州》一首云：

> 一别姑苏已四年，秋风南浦送归船，画帘重见水中仙。
>
> 霜鬓不须催我老，杏花依旧驻君颜，夜阑相对梦魂间。

苏轼对姑苏风物的念念不忘之心，对至交好友的殷殷眷恋之情，可见一斑。

上有所好，下必效之。因了知州闾邱孝终的庇护，苏轼在黄州幽居五年的流放生活倒也逍遥自在。当地各级官吏与乡绅

纷纷前往拜访，有的甚至还经常与其宴游来往。没多久，苏轼于黄州东山坡上购荒地十余亩，亲自动手，开垦出了稻田、麦田、菜圃，种上了果树和茶树；还挖鱼塘凿水井，并盖了五间茅屋。因屋成之日一场大雪恰好纷纷扬扬飘洒而下，苏轼便将其取名为“雪堂”。此后，他曾作诗记录此事：

去年东坡拾瓦砾，
自种黄桑三百尺。
今年对草盖雪堂，
日炙风吹面如墨。

此时，摘去方巾穿起短褂的苏轼俨然一介山野村夫，他享受着大自然的馈赠与自食其力生活的喜悦，感受到了如山野般质朴清新的人间温情。其实，他更想在如此自由自在的田园生活中了此余生，故自号为东坡居士。

相对安定的生活使苏轼得以潜心于创作。黄庭坚来了，一住便是月余，他们共同探讨楷书、行书。“我书造意本无法，行云流水形随心”，他向往的是一种随心所欲的人生境界。文同来了，他们一起踏遍黄州山野，一起研习画竹心得。“宁可食无肉，不可居无竹”，他追求的是那份傲然的风骨与节气。佛印法师也来了，他们日夕晤对，参佛论道，访古探幽，回溯历史岁月，叩问苍茫宇宙，探寻人生真谛。于是，《赤壁赋》

《后赤壁赋》《念奴娇》等一系列耀古烁今的文学名篇赫然问世。仕途的坎坷，人生的磨难，并没有让苏轼一蹶不振；他因了闾邱大人的庇护，因了其个人的修为，终于完成了华丽的人生转身。一个了悟宇宙人生、胸襟旷达、性情平和恬淡的苏轼从此便卓立于世了！

而这五年间，苏轼夫人王闰之的健康状况却每况愈下，一生仰慕并深爱着自己夫君的她，暗暗决定将与苏轼如影随形的侍女王朝云纳而为妾。于是，由知州闾邱做媒，王朝云终于从苏轼的侍女变成了侍妾。王朝云是苏轼早年在杭州任通判时买来的丫环，刚到苏轼身边时还是个十二岁的孩子，由于聪明伶俐又乖巧，深得苏轼夫妇喜爱。不久，夫人王闰之病逝，王朝云便一直陪伴苏轼左右，直至晚年。

第二天午后，苏轼正在闾邱宅第客房小憩，只听得夫人王朝云将其叫醒道："老爷，虎丘寺智通禅师差遣小师父来访。"苏轼整衣而出，但见一位小和尚施礼过后，便笑吟吟地将一封书信呈上。苏轼打开看到，本色熟宣纸张，蝇头小楷，乃智通禅师笔墨。说是知悉东坡居士返京复命途经苏州，甚为欣喜，极盼小聚为感。苏轼读罢，不禁会心一笑。此次勾留苏州数日，行游虎丘造访智通禅师本就是计划内之事。只是没想到这智通禅师消息竟然如此灵通，性子居然比自己还急。

为了不辜负智通禅师那一番殷殷期盼之情，当日下午，苏轼将其他家眷留在闾邱宅第，便带着夫人王朝云前往虎丘。傍晚时分抵达虎丘，但见智通禅师已经迎候于山门了。“阿弥陀佛！东坡居士别来无恙？”寒暄过后，智通禅师便将苏轼夫妇引进山门，循着石级迤逦向半山腰走去。一路上树木蓊郁，禽鸟啁啾；落日的余晖映照着山林的花草树木与黄墙碧瓦。此刻，沉郁浑厚的暮鼓声响起，鼓声冲破渐渐浓重的暮色，在整个山林飘荡回旋，尔后便消散于一派苍茫的沉寂之中。苏轼默默地走着，忽然，他仿佛觉得自己所走的不是山路，而是一条通往深不可测的禅境的了悟之道。不多久，只见眼前山崖上有一处景观围廊，飞檐架出岩外，势极峻峭，其尽头乃数间禅房，名曰小吴轩，为智通禅师今晚特意为苏轼夫妇所安排的歇息处。

晚斋过后，智通禅师于禅房与苏轼品茗夜话。茶是今春的虎丘山茶，因唐代陆羽于虎丘禅寺所栽培而得名，因产量极小，又是陆羽茶圣所植，故而弥足珍贵，历代禅师专以此招待贵客。水是憨憨泉水，乃山下终年汩汩流淌的清泉，清冽甘甜。两人谈禅论诗，甚是欢洽。与闾邱孝终一样，智通禅师为苏轼之故友至交，两人相识相知已有二十多个年头了。那年，还在密州知州任上的苏轼，途经苏州，因公务紧急无暇拜访智通禅师，返回密州后，还特地修书一封：“近过苏台，不得一见而别，深为耿耿。”（《与智通长老书》）以表遗憾与歉疚之意，可见两人感情之深。

正所谓爱屋及乌，苏轼对虎丘的山林风光也极为赞赏流连。他一生曾写过多首与虎丘有关的诗词，最为著名者，当推这首《虎丘寺》诗：

> 入门无平田，石路穿细岭。
> 阴风生涧壑，古木翳潭井。
> ……
> 东轩有佳致，云水丽千顷。
> 熙熙览生物，春意颇凄冷。
> ……
> 坐见渔樵还，新月溪上影。
> 悟彼良自咍，归田行可请。

咫尺红尘远，更深禅意浓。如豆的灯影里，一僧一俗，苏轼与智通禅师说古道今，不觉已至深夜。窗外，松枝摇曳，幽暗深邃的苍穹中，有一线流星划过。而崖上的新月，恰如一靥笑意，静静地对着窗内的两人……

横塘，那一场发生于千年之前的爱情

如今的横塘驿站，就一间亭子，孤零零的，被潦草地标点在城南的古运河边。可在千年以前，这儿实在是姑苏城外一二等风雅繁华之地。

大宋神宗熙宁七年（1074），一个阳光明媚的暮春时节。一叶扁舟从汴京出发，沿着大运河自北向南顺流而下，过扬州，穿长江，迤逦向姑苏而来。第三天傍晚，船儿在姑苏城南的横塘码头靠岸。贺铸钻出船舱，直了直身子，在侍女清歌的搀扶下徐步上了岸。船家伙计眼疾手快，急忙挑上行李紧跟于后。贺铸伫立于码头岸边，打了个哈欠，伸了个懒腰，卸却了数日来的疲惫，似乎感觉浑身轻松了许多。回望大运河碧水悠悠，帆影点点；波浪拍打堤岸，发出阵阵喧响，招引得岸边的杨柳情不自禁地俯身应答嬉戏。夕阳的余晖氤氲在苍茫暮霭中，笼罩着远近的田畴、村舍以及连绵起伏的苍翠山峦。一切都让人恍惚置身于迷幻的梦境之中。是的，此次江南之行，贺铸本就是来寻梦的。

转眼间，夕阳掉进了苍茫群山之中，四野的暮色便汹涌地席卷而来了。在清歌的再三催促下，贺铸离开码头，循着一条碎石小路，向横塘街市走去。

街市上一片热闹。两旁的灯笼次第亮起来了，红彤彤忽闪闪的，透出一派朦胧迷幻的意境。灯下商铺林立，招牌炫目，物品琳琅满目，吆喝声此起彼伏。大街上人流穿梭，穿着各色服饰，操着南腔北调；闲逛的踱着方步，赶路的行色匆匆，购物的走走停停。贺铸一行仿佛被一股汹涌的潮水推搡着，身不由己地在大街上顺势漂移。好不容易拐进了一条僻静的巷子，船家伙计已经累得上气不接下气，他急忙卸下担子，一屁股坐在阶沿石上休息。旅店是船家帮忙预先订好的，伙计朝着前面黑洞洞一片的巷子给贺铸指点比画了一番，旋即起身继续赶路。转过两个弯，跨过一座桥，一家依山临水的旅店便坐落于眼前了。贺铸下意识地抬起头，“悦来客栈”的店招赫然在目，两边悬挂着一副粉金对联：吴楚自古繁华地，姑苏横塘第一家。店小二站在门口，戴着顶瓜皮小帽，笑容可掬、点头哈腰地迎接着每一位入住的客官。他看见贺铸，仿佛见到什么凶神似的，先是一愣，但当他看到了一旁熟识的船家伙计时，又立刻满脸堆笑，热情地把贺铸一行引进门内，沿着东边的复廊，穿过一道边门，来到一个硕大的院落。走上二楼，穿过长长的廊道，推开靠西一间客房的门，径直走了进去，把贺铸他们安顿停当。

晚上，贺铸辗转反侧，难以入眠。想自己身为当朝太祖皇帝贺皇后的族孙，少年时代也曾饱读诗书，并一心博取功名，以期为自己谋个大好前程，并光宗耀祖。没承想作为将门之后，父亲却竭力要求自己从军边关，杀敌立功。可大宋朝尚文轻武的风气业已形成，武备松弛，边关地区与西夏、金辽交战胜少败多；加之自己跟错了将军，弱将手下无强兵，屡吃败仗，数年边关生活自己寸功未建，只落得个大头老兵的可悲结局。最后还是依托祖上荫庇，在朝廷谋了个闲职，惹得人家背后指指戳戳说三道四的。更让贺铸闹心的是，自己长相欠佳，五大三粗的身材，铁青的脸皮。如今虽然已经是二十好几的年龄了，遇见的女子不可谓不多，可从来只有自己单相思的分，从没有被对方心仪的福，到头来还落了个“贺鬼头”的诨名。此次他决意离开都城汴京，一是想在江南为官的父亲的好友处谋个差使，二是换个环境散散心透透气。

第二天早晨，贺铸捧着杆长箫，临窗而坐，悠悠地吹。箫声破窗而出，在院落里撒抛成一道道弧线，纷纷投落至靠东一间的客房的窗前。房内的一位年轻女子正在侍女的伺候下当窗梳理云鬓，对镜施粉黛。忽听得如此箫声，不禁停下梳妆打扮，侧耳谛听起来。听着听着，她又不由自主地站起身，轻轻推开窗户，略略探出脑袋，想要看个究竟。她循着窗下弧形的走廊向西看去，只看见贺铸低头吹箫的半个侧影。突然间，她仿佛受了什么惊吓似的，又急急缩回头，回到座位，并示意侍女停下梳妆。这位年轻女子就这么静坐在窗前，像着了什么魔似的，轻闭双眼，痴痴地听着细雨般纷纷飘洒至她窗前的箫声。听着听着，她感觉自己此刻恍若置身于一片春日的湖山夜月之中。她和吹箫人只隔着一片并不茫远的水面，自己在这边，而他却在那边。对岸的他，虽面目模糊，但身影却依稀可辨。夜正沉，长天漠漠，只有几颗寥落的星子隐约闪烁着，似乎正在窥视着他俩。皓月当空，那被夜色浸染得湿漉漉的银灰色月光，映着远山近树，映着眼前这片汩汩流淌的水面，映着静坐于这片湖山之中的他俩的身影。身后的林子里，传来了夜宿的鸟儿呢喃的声音，有一声没一声的，琐碎而缠绵，惹得她心里暖暖的、痒痒的。渐渐地，眼前的水面扬起了一团团淡淡雾气，在她面前翻滚着，翻滚着；不一会儿工夫，雾团浓起来了，把四周的远山近树，把对岸的他都遮蔽起来了。她的眼前一片模糊，她着急地伸出双手，试图拭去面前的浓雾，找回那个对岸的身影；可任她如何努力，如何抓狂，面前的雾气只是渐浓，渐浓，直至什么也看不见……

年轻女子微微睁开双眼，发现箫声已经消失，唯有自己依然端坐于窗前，眼眶里湿漉漉的。看看窗外，什么时候竟下起了淅淅沥沥的小雨。再次探看走廊那头，那个身影已经消失了。她怅然若失地继续呆呆地坐着，直到侍女走近身边，方才回过神来，继续梳妆打扮。

其实，吹箫之初，当那位年轻女子推窗探看的那一刻，贺铸是凭直觉感知到的。只是他没有抬头，既然对方喜欢听他的箫声，那就继续吹，让对方听吧；他也不敢抬头，他害怕当对方看到自己时，会惊骇得远远地躲开自己，就像之前他无数次遭遇过的那样。于是，他只是存着头继续吹，把自己多年来的一腔心事全都悠悠地吹奏了出来。只是他此刻并不知道，他的那份心灵深处的渴望与寻觅，那份失落与怅惘，那份深深的孤独与落寞，竟然深深打动了走廊那头的那位年轻女子。一旁的清歌早就看出了端倪，心领神会，便悄悄地出了门，得得得地下了楼，直奔店家老板那儿了解情况。

才一炷香工夫，清歌便像情报员似的又回来向贺铸报告打听所得：走廊东客房里头的那位年轻女子姓赵，乃济国公赵克彰大人家的二小姐，先于贺铸他们一天入住本家客店。济国公于一个月前受当今皇上之命巡察江南，驻扎杭州，不日即将北返还朝。赵二小姐此次前来姑苏，名义上是迎接父亲回家，实则是借机行游江南大好春色。清歌还告知贺铸，她还从赵二小姐的贴身侍女那儿打听到，当天下午，赵二小姐将去旅店后面横塘著名的旅游胜地横山游玩。“公子呀，如果你愿意，我们可以去横山与那位赵二小姐来个偶遇。”末了，清歌神情诡异地一笑，向贺铸建议道。贺铸不置可否，他抬头看着外面时雨时晴的天气，心想：这大概就是传说中的江南黄梅天吧？

午后，看看天空已经放晴，贺铸在清歌的竭力撺掇下，下了楼，步出客栈，沿着狭窄湿漉的巷子七折八弯走了约莫一里多路，终于抵达了横山脚下。

抬头一望，山势并不高，却崖陡壁峭，蓊郁苍翠；加之新雨过后，山林更是翠碧欲滴。

进得山门，沿着幽曲小径迤逦向山上走去。转了几道弯，来到一片开阔的半山坳空地上。眼前游人如织，人声熙攘。贺铸拣了处凉亭，于石几前坐下小憩。突然间，清歌扯了扯贺铸的衣袖，又使了个眼色，示意他留意左前方一尺来远的地方。贺铸看过去，只见一位二十来岁的女子，由侍女挽着，慵懒地斜倚在廊子过道的美人靠上，在身后一丛由山崖上倒挂而下的黄荆条的映衬下，更显得娉娉婷婷，妩媚娇羞，宛若一株欲开未开、含苞带露的海棠花。也许是感应到了贺铸那忘情灼热的目光，那女子也略略抬起头来，羞怯地瞟了眼贺铸。贺铸赶紧侧过脸躲避，仿佛做了什么见不得人的事情似的。机灵的清歌早已看出了苗头，立马走过去主动和她们攀谈起来。不一会儿工夫，便跟对方有说有笑的了，仿佛老熟人似的。这边的贺铸落了单，不禁手足无措，浑身燥热，甚是尴尬。此时，那女子被侍女挽着，起身继续朝山上走去，清歌便又赶忙回过来，也扶着贺铸，不紧不慢、若即若离地跟随其后。那女子似乎知道

后面有影子尾随，倒也并不介意，只是没事儿似的继续悠悠地行路观景。倒是她边上的侍女会时不时地回头朝贺铸他们莞尔浅笑。天空时而飘起濛濛细雨，时而又云散日出，一副阴晴不定的意态。贺铸的心也没着没落的，自己的脚步似乎只是被某一种力量牵引着，不由自主地向前挪动着。

傍晚回到旅店，贺铸意绪万千。他默默地独自伫立于窗前，若有所思。窗外，风儿裹挟着雨丝，萧萧而下。风摇窗棂，瑟楞楞地响；雨丝飘进屋内落到脸上，凉凉的。一旁的清歌催促他晚餐，也丝毫不见他有任何反应。许久许久，他徐徐转身，走到桌前坐下，示意清歌磨墨伺候。于是铺展宣纸，援笔题下一首《青玉案·凌波不过横塘路》：

凌波不过横塘路，但目送、芳尘去。锦瑟华年谁与度？月台花榭，琐窗朱户，只有春知处。

碧云冉冉蘅皋暮，彩笔新题断肠句。试问闲愁都几许？一川烟草，满城风絮，梅子黄时雨。

题毕，贺铸便离开座位，又踱步至窗前，继续注视着窗外的黄梅雨。天色渐渐地暗下来了，眼前的房屋、花树也越发的模糊不清了。风似乎小了许多，而雨却大了起来，不一会儿，廊前的屋檐下便挂下了一幅雨帘，在廊内灯火的映照下，亮晶晶的如珠帘一般。雨声潺潺，一声声敲击着贺铸的心扉，在他心房内引起空空的回响。蓦然间，贺铸恍然感觉自己又在重复着戍守西北边关与闲居汴京时的心绪。难道这是上苍对自己的又一次捉弄？他问自己。而此刻的清歌望着桌上的新词，内心也不禁隐隐作痛。从边关到汴京，再到此次江南之行，她一直陪伴在贺铸的身边，也深知其内心的痛楚与无奈落寞。清歌沉思片刻，便卷起桌上墨迹未干的词作，出门径直向走廊东头走去，敲响了赵家二小姐客房的门。

而此刻的赵二小姐也是心事重重，茶食不进。在别人眼里，她贵为皇家血脉，身世无比显赫。可又有谁知晓她内心的无限痛楚呢？还在未出生时，父亲便指腹为婚，把自己许配给了他的同僚贵族管家三公子。这也就罢了，谁让自己是个女儿身呢？随着年岁的慢慢增大，她只巴望自己未来的夫君是个知书达理、有所作为的正人君子，也好让自己身有所托。谁知事与愿违，这管三公子不但不思进取，无意功名，还整天游手好闲，斗鸡走狗，是个十足的浪荡公子！更让赵二小姐烦恼的是，自去年以来，管家不断央人上门催逼，要求及早完婚。父亲虽知晓管家三公子的为人，也后悔不已，可碍于婚约在先，当真无可奈何。此次江南之行，赵二小姐其实也是为了逃避管家的纠缠给她带来的烦恼。

现在，赵二小姐看着眼前贺铸的词作，不禁泪流涟涟，说不清是为自己的不幸，还是被贺铸的新词所打动。从早晨的箫声到下午的横山偶遇，再到清歌的介绍，其实她已对贺铸的情况有所了解。直觉告诉她，对方虽没有什么富贵显赫的门第，但相较于那位管三公子，人家至少也是知书达理之人；唯一让她遗憾的是贺铸长相太过奇异，有失体面。唉，也许这是命吧？赵二小姐对自己说，顾不得这些了，如若有缘，这倒也不失为摆脱管三公子之良策。于是，她对清歌莞尔一笑，又转身看看一旁的贴身侍女。侍女心领神会，对清歌说，如若天气晴好，二小姐准备去附近石湖泛舟。“真是巧了，我们贺公子也有此打算，不如我们到时结伴而行吧，也好有个照应。”机灵的清歌当即答道。

当清歌回来报告这一喜讯时，贺铸简直不敢相信自己的耳朵。这是真的吗？莫非是自己这些年的坎坷经历与对爱情的苦苦寻觅感动了神灵，连上苍也开始可怜眷顾自己了？他直直地看着清歌，看到清歌脸上满是兴奋的表情时，他才确信这的确是真的了。于是，他取出箫管，像早晨一样，又悠悠地吹奏了起来。箫声传到走廊东头，又惹得赵二小姐轻抵窗口，侧耳谛听。此刻，她分明感觉这箫声已没了幽怨怅惘，而变得平和舒畅，她的眼前仿佛呈现了一派清风拂面、阳光明媚的旖旎春光。

泛舟石湖，贺铸与赵二小姐的船儿自然是相随相伴，如同一对形影不离的戏水鸳鸯。此后，他们又登姑苏台，逛虎丘庙会，游七里山塘，观盘门塔影……等到赵二小姐的父亲济国公自杭州回到姑苏准备接女儿返回汴京时，他们已是情深意笃，难舍难分了。济国公眼看木已成舟，一番假意责备之后，也便顺水推舟，成全了他们。离开姑苏北返时，他还特意动用关系，给贺铸谋了个平江（姑苏）府尉（公安局长）的差使，把女儿正式托付给了他。

此后，贺铸在夫人赵二小姐的陪伴下，长期生活在吴地。只可惜天不假年，二十多年后赵二小姐不幸病故。贺铸伤心欲绝，准备辞职返回汴京。临别当晚，他黯然伤神，挥笔写下了《鹧鸪天·重过阊门万事非》一首：

> 重过阊门万事非，同来何事不同归？梧桐半死清霜后，白头鸳鸯失伴飞。
>
> 原上草，露初晞，旧栖新垅两依依。空床卧听南窗雨，谁复挑灯夜补衣？

从此，横塘这个姑苏城外、古运河畔的风雅小镇，这个曾经给予千年之前的诗人贺铸以美好与悲伤的地方，便成为一个文化标识，永远鲜活在宋词里。

沧浪之水清兮

大宋仁宗庆历八年（1048）仲春日。苏州府卧龙街（今人民路）南端东侧，沧浪亭内。

苏舜钦走出卧室，站立于阶沿石上，抬头看看天空，日头已经爬到园外东南面高坡的树梢顶上了。晨风拂来，似乎不再如往日般透着寒意了，他知道，这乍暖还寒的江南初春已经过去，取而代之的将是暖意融融的丽春天气了。他跨下台阶，想去院场上沐浴下这久违的春日阳光，不料一脚踩空，打了个趔趄。夫人杜氏赶紧上前扶住了他，并示意他回屋休息。可他倔强地甩开夫人的搀扶，仍然独自站立于院场中央，任凭这仲春清晨的阳光与微风沐浴着他的周身，抚慰着他的灵魂。算起来，自己到达苏州已是第三个年头了，可直到今天他仿佛才真正感受到如释负重般的舒心惬意。良久，他才转过身，缓步返回屋内。夫人见他额头全是涔涔的汗珠，满心不舍，便扶他坐下，轻轻地帮他拭去汗水；而后，又将一碗冒着热气的汤药端到他面前。苏舜钦看着眼前这碗酱赤色的浓汤，略略皱起眉头，迟疑片刻，还是端起来一饮而尽。他这气管炎自去年冬天复发以来，一直时好时坏的，经过本地郎中的精心调理，开春后，随着天气的渐渐转暖，总算大为好转了。但他心里明白，彻底根治已是无望了。

半个时辰过后，苏舜钦缓缓起身。夫人杜氏心领神会，示意贴身丫环带上笔墨纸砚紧随其后。三个人便步出卧室，穿过院场，沿着复廊，迤逦向西南方向走去。苏舜钦徐徐走着，脚底踩着的仿佛是一条棉花铺就的廊道，整个身子都感觉有点轻飘飘晃悠悠的。但他还是被眼前园内赏心悦目的春景深深陶醉了：整个园子高高低低，错落有致；池馆水榭，假山湖石，点缀其间。乔木无不高耸参天，浓翠蔽日。灌木或成团成簇，挤挤挨挨地招摇于坡地上；或形只影单，松松散散地立于房前屋后的隙地里。那些个紫藤、爬山虎之类的藤蔓，则爬山缘墙，将乖张的性情与生命的欢乐高高扬起。唯有那满地的花花草草，紧贴地面，红红白白也好，绿绿黄黄也罢，只是低调地将各自生命的本色静静地绽放。复廊之外，透过漏窗，但见一溪碧水如带，弯弯绕绕，循着廊道不离不弃地将整个园子绕了个圈儿。仿佛是出于好奇，时不时的，那溪碧水居然还穿过脚下的几座小桥，野进园内，与四散在各处的池水挽个手，顺便窥探下园中的景致。

面对着如此良辰美景，苏舜钦的心头不禁掠过一阵自豪与欣慰之情。这儿本是个废园，前年春上自己因罪罢官，携带妻儿自京城汴梁南下，流寓苏州，一时无处安身。后幸得师友范仲淹的关照，暂时寄居于十年前范公知任本地时所创办的苏州府学之内。那年初夏的一个午后，他携妻子步出府学，跨过卧龙街，迤逦向东面的那一片草木蓊郁的旷野走去。一进入这片荒地，他不禁惊呆了：但见眼前碧水萦绕，缓缓流淌。杂树覆盖处，卧伏着或折颈断尾、或缺胳膊少腿的石狮石马之类。再仔细辨认，东一处西一搭地有许多石基石础裸露于地面；偶尔还能发现一两堵残垣断壁。至于那些苍翠高大的老榆树老榉树，多籽的朴树椴树，以及零星散落于各处的造型各异的太湖石，无不向他暗示这儿曾是一处豪门大宅之所在。那天回到住所，一番打听之后，方知这片荒地大有来头，它原为五代吴越王钱元镠之池馆，现归其近戚、曾为中吴军节度使的孙承佑的后人所有。孙氏后人因无力打理，遂成废园。于是，苏舜钦当机立断，决定以四万钱买下此园。之后的一年半时间里，苏舜钦倾力打造此园，终于于去年冬末全部竣工。

就这样一路上走走停停，看看想想，苏舜钦翻过两道坡，拐了几个弯，终于来到了掩映于偌大一片萧萧修竹之间的翠玲珑馆前。这儿地处园子的西南，是自己精心打造的办公与读书区域，与东南面的生活起居区遥遥相对。而园子的正中偏北处，则为全园的主体与中心所在的厅堂，被命名为明道堂。至于作为本园标志性建筑的亭子，则雄踞于山坡的制高点上，暂时尚未命名，因而整个园子也尚未得以冠名。苏舜钦在翠玲珑馆的东厢房坐定。这里是他的书房，四壁悬挂着数幅书画卷轴，南窗下整齐地陈列着这三年来他于吴地所搜集的各类文玩。侍女燃起沉香，夫人递上茶水，苏舜钦则随手拿过一卷《楚辞》，很随意地翻阅起来。他时而专注地读着，口中还念念有词；时而又掩卷击节，陷入沉思之中。

好久好久，他才站起身，踱到南窗前。窗外的小溪边，是一片翠碧欲滴的竹林，低矮的箬竹、挺拔的淡竹、簇拥着的莳竹……小山似的堆翠拥碧于眼前。风儿吹来，萧萧作响，与萦绕穿梭于林前的哗哗水声相互应答。夫人杜氏怕他累着，赶紧把他搀扶回座。苏舜钦似乎意犹未尽，再次拿起那本《楚辞》继续读了起来。“沧浪之水清兮，可以濯吾缨；沧浪之水浊兮，可以濯吾足……”当他读到此处，眼前不禁一亮：自己这个园子迂曲萦绕的溪水，那数处大大小小的方池，不就是沧浪之水吗？它们映照天光流云之神韵，涵养山石竹木之精气，也涤荡着自己这个凡夫俗子的满身污浊之气，从而使自己神清气爽，心澄如镜。对，就以“沧浪”命名此亭此园！想到此处，苏舜钦不禁激动得站起身来，在书房里走来走去。而后，又诗兴大发，口吟一首道：

一径抱幽山，居然城市间。

高轩面曲水，修竹慰愁颜。

迹与豺狼远，心随鱼鸟闲。

吾甘老此境，无暇事机关。

亭园已置，命名停当。苏舜钦如释重负，流寓苏城三年来的一大心愿总算得以了却。大丈夫穷则独善其身，达则兼济天下。想自己出身官宦之家，祖父苏易简乃本朝太宗皇帝时参知政事，父亲苏耆亦官至工部郎中、河东转运使。犹记自己还在牙牙学语时，祖父退朝还府，于闲暇之时，常常将自己唤至膝下，揉于怀中，一边捋着花白的长须，一边笑眯眯地教自己读《论语》:“士不可以不弘毅，任重而道远。仁以为己任，不亦重乎？死而后已，不亦远乎？”“岁寒，然后知松柏之后凋也。”“三军可夺帅也，匹夫不可夺志也。”“智者不惑，仁者不忧，勇者不惧”……可以说，正是当年的祖父，为自己幼小的心灵播撒了理想的种子，给自己烂漫的童年打下了生命的底色。少年时代，由京城而地方，自己又跟随父亲辗转各地衙署。印象中，父亲是个不苟言笑的严肃之人，对自己这个儿子尤为严厉：先生所教授的四书五经，课后如若抽查不合要求，必将被惩罚；出席父亲同僚宴会，如果有失礼数，事后一定要责备；日常居家生活，偶尔行为越轨，也要被训斥。现在想来，正是由于父亲的严苛要求，才使自己成为了一名好学博闻、行为方正的官宦士子。

二十一岁那年，承蒙皇上恩典，依托祖上荫庇，自己又得以补任太庙斋郎，后又调任荥阳（今属郑州市）县尉。说实话，对于这样的入仕方式，年少倜傥、志存高远的苏舜钦不仅不以为意，甚至感觉这是对自己能力的一种否定，是耻辱！于是，上任不到一年，苏舜钦便毅然决然“锁其厅而去”！这一举动，让旁人大惑不解，亲友深感惋惜。事后，甚至连苏舜钦自己也怀疑是否有点儿年轻气盛、莽撞冲动了。而更让他内心隐隐担忧的是：父亲是否也会一如既往地因此而责备自己呢？可出乎意料的是，这次父亲不但没有责怪自己，据说背后还夸奖自己，说此乃慨然有志之大丈夫所为！

此后数年间，苏舜钦潜心科考，终于一举成名，考中进士，并受光禄寺主簿（掌管宫廷侍卫及侍从的书记官），后得外放，先后担任蒙城（今属安徽）、长垣（今属河南）县令。在蒙城任职期间，当地有一洪姓豪绅仗着朝中有人，横行乡里，以各种名目巧取豪夺乡民田地，还屡次强抢民女，肆意糟蹋。乡民们苦不堪言，群情激奋，曾多次告官至县衙，可前任县令慑于该豪绅背后强大的势力，或应付了事，或干脆充耳不闻。苏舜钦得知此事，立刻将该豪绅缉拿归案，并排除各种阻力，将其绳之以法。还在庭审时将暗中为该豪绅通风报信的小吏杖毙。从此，蒙城的黑恶势力得到遏止，社会风气大为好转。但也因此，苏舜钦得罪了朝中某些权贵。

自从返回京城升迁为大理寺评事（相当于现最高法院调研员）后，苏舜钦更是意气风发。地方从政的所见所闻，民生凋敝的严酷现实，让他这个生性耿直又极具悲天悯人情怀的年轻士子如鲠在喉，不吐不快。于是，他先后数次上书言事，纵论时政。其《上三司副使段公书》《咨目七事》《乞纳谏书》要求广开言路，惩治弊政，整顿吏治。由于所言之事远远超越其职权范围，加之触犯了朝中部分既得利益者，“群小为之侧目”。但苏舜钦的才情、勇气与担当，却得到了改革派领袖、时任参知政事的范仲淹的赏识，范仲淹在仁宗皇帝面前极力推荐，将其举荐为集贤校理（相当于现智库人员）、监进奏院（向地方传达中央政令的部门负责人）。宰相杜衍更是对他赞赏有加，干脆将女儿都嫁给了他。可是好景不长，庆历四年（1044）秋天，苏舜钦依循旧例，以卖公文废纸之钱宴请同僚、宾客，被朝中保守派王拱辰等人抓住此事，借题发挥，网罗罪名，致使苏舜钦与其他参与宴会的十余人悉数获罪，或被贬，或被逐，或被革职为民。

“子美，该回去歇息了。”夫人杜氏的提醒把苏舜钦从遥远的回忆中拉回。看看天色业已转暗，夜凉也开始慢慢地向周身袭来，他便站起身来，在夫人的搀扶下，顺着来路，幽幽地返回住处。

仲春的江南暖意融融。那天午后，苏舜钦在沧浪亭内坐定，静静地享受着这美丽的春色、这人生难得的美好时光。天气出奇地晴好；即使有雨，雨水也总是绵绵柔柔的，无声地滋润着亭前的花草树木，也抚慰着苏舜钦伤痕累累的心灵。不像京城汴梁的春天，刚才还阳光明媚，瞬间却又风狂雨骤，那种让人猝不及防的大起大落，恰似自己的仕途，足以将人折腾得心力交瘁。“子美，梅先生来信了。”不知什么时候，夫人站在了自己身边。苏舜钦打开看时，是好友梅尧臣的笔墨。好友以诗代信，但见本白色的宣纸上，一行行蝇头小楷赫然入目：

寄题苏子美沧浪亭

闻买沧浪水，遂作沧浪人。
置亭沧浪上，日与沧浪亲。
宜曰沧浪叟，老向沧浪滨。
沧浪何处是，洞庭相与邻。
竹树种已合，鱼蟹时可缗。
春羹芼白菘，夏鼎烹紫莼。
黄柑摘霜晚，香稻炊玉新。
…………

读罢此诗，苏舜钦起身移步亭前，不禁若有所思。面前是弯弯绕绕流淌着的一溪沧浪之水，水波荡漾，清澈见底。好友梅尧臣应该是深知自己的遭遇的，可字里行间未见半点劝慰，因为他明白根本无需劝慰。大丈夫行走天地之间，就当如这一溪沧浪碧水，坦坦荡荡，激浊扬清，行走有形，激越作声。

是年八月，苏舜钦复职，任湖州长史。十二月，病逝于任上，享年四十一岁。而这一溪沧浪碧水，却穿越历史的漠漠烟尘，永远地悠悠流淌于古城的天地之间了。

悠悠石湖情

时间回到南宋淳熙十年（1183）。

一个仲春的午后，范成大终于得偿所愿，致仕归隐故乡石湖。舟船从姑苏城西南角的盘门靠岸时，他从躺椅上直起身子，撩开窗帘，一束阳光斜射进船舱，照到他脸上。他张开微闭的双眼，摇摇头，感觉似乎头疼的毛病好了许多。自去年秋天以来，范成大的风眩症持续发作，几乎到了夜不能眠的程度，几度寻医问药均未见效。身为沿海制置使（东南地区最高军政长官）兼名州（宁波）知州的他，唯恐自己有负朝廷重任，先后五次上书请求致仕归隐，终于承蒙皇上眷顾，可以以参知政事的礼遇归隐故乡。

范成大跨步上岸，甩开手下人的搀扶，直了直身子，整了整衣冠，向早已恭候在一旁的当地官员一一作揖致意。环顾周遭，胥江碧水悠悠，向着他此次返乡的来路太湖蜿蜒而去；两岸桃红柳绿，掩映着鳞次栉比的人家。天是纯净的蓝，阳光是暖心的艳。这一切都让他感觉神清气爽，几乎忘却了缠身的沉疴。他长长地舒了口气，随即一头钻进了停在路边的轿子里，径向他的家宅所在地——城南石湖边的范村迤逦而去。

那时的太湖比现在要宽广得多，它就恣睢地荡漾在姑苏城外的上方山脚下；石湖就是其边上的一个湖湾，范村则是石湖之畔依山傍水而聚的一个小村落。村落的西南面有上方山、七子山挡着太湖风浪，东北面背靠着连接古城的广袤平原；而平展在村前的石湖，更像是大自然赐予村民们的一个硕大的天然鱼塘。世世代代的范村人，就这样过着半渔半农的宁静生活。如今，小村落里出了个大人物，自然是无比风光的事。可范成大自出仕以来，虽一路升迁，直至成为当朝一品大员，但他一直刻意保持着低调。此次归隐家乡，他只是事前请人对家宅作了简单的打扫布置，然后轻车简从地悄然回来了；而对地方上准备为他修葺宅院、隆重接待的盛情，他全都婉言谢绝了。

也许是彻底放下了经年累月的劳心公务之故吧，也许是多年来归隐故土的夙愿终于实现了吧，当晚的范成大睡得特别的安稳与香甜。第二天醒来，日头已经高挂于东边的树梢头了。早饭后，范成大踱步出门，沿着石湖堤岸随便走走。艳阳高照，暖风微拂。宽广的石湖水面，将岸边的花树、湛蓝的天空以及悠悠飘浮的行云，荡漾出一帧帧美妙的图画，在他面前轮番播放。脚下微浪汩汩，轻吻堤岸。近处的柳荫下，一群灰黑色的野鸭正在嬉戏打闹，招引得几只路过的白鹭好奇地俯下身子前来围观。极目远眺，波光闪烁处，有几痕鱼簖的灰影纵纵横横地划在水面上，其间，还有数叶渔舟轻漾。堤岸的另一面，是交织着麦田的碧绿与油菜花田的金黄的一望无际的原野，仿佛一条硕大无比的地毯。那些田径上的树花与蜿蜒流淌的小溪，则成了点缀其间的团花与暗影。

走累了，范成大便在湖畔山坡边的一片桑树林前坐下。抛却一切官场的恩怨烦恼，置身于如此阳光明媚、生机蓬勃的春日原野，他感觉自己就像一个纯粹的乡野农夫，怡然自得，自由自在。蜜蜂嗡嗡嘤嘤地，在紫色的蚕豆花丛、粉色的海棠花树与金色的油菜花田中忙忙碌碌地穿梭来往。几个刈草的孩子嬉闹着从面前经过，还用好奇的目光不停地打量着他。蓦然间，他听到身后似乎有喁喁的人语声，回头寻觅，浓密的桑田里，隐约可见三三两两的农人正在培土施肥。“范大人回来啦？”正诧异间，一位老者肩扛锄头走到他身边来搭讪。范成大打量片刻，终于认出是村上的一位远房长辈。“哟，叔公好！您老见外了，还是照旧，就叫我致能吧。”范成大热忱又谦卑地应承道，随即挪出身边的一块空地，示意老人坐下，一起攀谈了起来。也许是范成大的平易近人与真诚态度感染了老人，老人终于吐露了当下农村生活的实情：渔税、田税、林

业税，税税重压，让村民们不堪其负；拓荒丁、水利丁、戍边丁，年年征丁，让老百姓妻离子散。丰年尚能温饱，遇上荒年，饿莩遍野，便只能食草为生了。

老者推心置腹的诉说让范成大大为震惊，自入仕以来，他先后宦游过贵州、川西等地，本以为食不果腹衣不蔽体的情形只是那些土地贫瘠的边鄙之地才有的现象，如今竟然也出现在了号称人间天堂的吴地家乡！这让他本已平静的心湖再次掀起了层层波澜。此后，他涉足田间地头，遍访吴中山川，去观察、体验与思考乡村生活的酸甜苦辣、农人们的喜怒哀乐，以及这片土地的风土人情。于是，他笔下的《四时田园杂兴》便不再是诗人一厢情愿的旖旎与浪漫，而是充斥着农村生活的艰辛与苦涩，弥漫着一位有良知的封建士大夫的悲悯与无奈：

（一）

采菱辛苦废犁锄，血指流丹鬼质枯。
无力买田聊种水，近来湖面亦收租。

（二）

垂成稼事苦艰难，忌雨嫌风更怯寒。
笺诉天公休掠剩，半尝私债半输官。
……

那年盛夏，吴中酷暑。范成大闲来无事，重拾少时爱好，正在西厢房援笔书画。庭前树木扶疏，葡萄满架，禽鸟啁啾；窗前竹摇清影，石湖水波光粼粼，水面上清荷流香。这一切都让范成大感到无比的赏心悦目。此时，家人来报，说是大门口有一位身穿袈裟的老者前来求见。范成大急忙出门相迎，但见那人慈眉善目，气宇轩昂，一见到自己，便疾步上前，亲切地叫道："致能哥，你真的辞官返乡啦！"范成大迟疑片刻，方才认出站在面前的原来就是自己的少年好友映佛。

当晚，就着朗月清辉，沐浴着夏夜凉风，范成大在自家庭院内设家宴款待阔别数十年的少年好友映佛，人生易老，睽违数十年的少年好友，老来方得相聚，让范成大不禁感慨万千。回想自己有幸出身于书香门第，深受家学熏陶，童年时候，身为掌管国家图书收藏的秘书郎的父亲，让自己熟读四书五经；而作为一代书画大家蔡襄孙女的母亲，又让自己喜爱上了书画艺术。怎奈生不逢时，一岁时便罹"靖康之难"，金兵大举南侵，占领都城，朝廷南迁，父母带着自己避难家乡；四岁时又遭"平江（苏州）屠城"，千年古城毁于兵燹，满地焦土，家人把自己塞进船舱漂泊于太湖水面，总算躲过一劫。十二岁时父母双亡，从此自己便寄居于昆山资福禅寺。二十多年的时光里，在父亲生前至交了觉禅师的悉心照料下，年轻的范成大与青灯古佛为伴，悉心研习四书五经，期望有朝一日博取功名，以实现兼济天下的宏愿，并重振范家门楣。其间陪伴他的，还有映佛小和尚。映佛和范成大年龄相仿，他和范成大同吃同住同学习，共喜共忧共成长，是一对形影不离的少年好友。所不同的是，映佛所学的是出世的佛经，范成大所学的则是经世致用的儒家经典。二十九岁那年，范成大离开资福禅寺，终于一举成名，步入仕途。

如今，了觉禅师业已圆寂，映佛接替师父，成了资福禅寺的住持。此次前来，一是探访少年好友，二是仰慕范成大的书画大名，想为修葺一新的资福禅寺求得范成大的题名墨宝。范成大欣然答应，随即挥毫题词一幅，赠与映佛。映佛如获至宝，连声道谢。借着几分醉意，范成大也向这位少年至交尽情地吐露心曲。三十多年的官宦生涯，他由朝廷到地方，从西南边关到东南沿海，并一度出使金国，慨然面对敌国君臣的发难，全节而归，深得朝野赞许。但沉重繁杂的军政事务，暗流涌动的官场纷争，险象环生的国家形势，却使他心力交瘁，身体每况愈下，终于积劳成疾，患上了严重的风眩症。如今，他总算告病归隐了，远离了尔虞我诈的名利场，抛却了恩怨纷争的烦恼源。这家乡的温山软水，这石湖的旖旎风光，尤其是这家乡父老乡亲至诚至朴的情谊，无不让他感觉如沐春风般舒心惬意。他心意已决，从此将以石湖山水为邻，以诗赋书画为伴，终老家乡！

一场秋雨一阵凉，几度秋风鱼满舱。连续数天的西北大风刮过沧茫水面，掀起惊天巨浪，将成片成片的鱼群往石湖所在的太湖东南方赶过来。一年一度的太湖秋捕节开始了！和附近的四邻八乡一样，范村也沸腾了！石湖水畔，上方山顶，祭坛高筑，彩旗猎猎；山脚下的太湖水面上，风卷浪涌，千帆待发。应父老乡亲之邀，范成大整肃衣冠，声情并茂地大声诵读亲自起草的祭文，虔诚地祷告上天湖神慈念苍生，保佑渔民们平安出捕，满载而归。活动结束返回家中，范成大感觉天旋地转，头疼难忍，他的风眩症又犯了。找来郎中号脉问诊，说这是经年的风寒侵袭头部肌理所致，只能服药缓解，无法彻底根治。范成大知道，这是他在西南地区任四川制置使那些年落下的病根，这些年每逢秋冬之交不断发作，并有越发严重之势。服完汤药，他斜靠在躺椅里，顺手拿过案头的手稿翻检起来。这是范成大正在撰写的一部地方志书稿，他把它定名为《吴郡志》。因为他发现，家乡的方志仅止于隋朝，自唐以来的数百年间，吴地没有一部像样的方志。他不想让家乡的这段历史成为空白，他有责任给补上。

正所谓树欲静而风不止，尽管范成大归隐后刻意保持低调，以渔樵之乐、田亩之欢的生活坚守宁静，淡泊心境；可造访者还是纷至沓来。跟随着昔日朝堂同僚、地方大员与部下而来的，是关于朝廷党争、饥民揭竿、金兵犯边与元军崛起的严峻的时局消息，这让范成大的心境如同门前的石湖秋水，微澜起伏、寒意横生。有时想着想着，他常常会长嘘短叹，茶饭不思，辗转难眠。只有那些文人墨客与三五知己的到访，才会让范成大暂且抛却烦恼，尽享人间温情。尤袤来了，杨万里来了，陆游终于也来了。

陆游是在稻熟蟹黄枫叶红的季节来到石湖之畔的。这是一个暖意融融的深秋午后，天朗气清，了无片风。被风眩症折磨多日的范成大病情稍有好转，便拖着孱弱的身子，照例来到石湖边的山坡上随意走走。寻访到他家门口的陆游得知这一情况，并没有让范家人前去禀报，而是循着指点，径直赶往范成大散步的地方前去会合。“务观贤弟，你终于看我来啦！”不知为什么，紧握着陆游双手的那一刻，范成大竟动情得声音哽咽，涕泗横流。其实，他心里早就盼望着陆游的到来了。陆游是范成大任四川制置使时结识的好友，他是越州山阴（绍兴）人氏，生于“靖康之难”那年，比范成大小一岁，早年便有诗名。年轻时参加科举考试，因于策论中暗讽朝中以秦桧为首的投降派的绥靖政策，被秦桧取消科考资格；后经群臣竭力举荐，皇上特批，得以恢复功名，但秦桧为泄私愤，还是把他派往边鄙之地的四川做了一名九品小官。而时任西南地区最高军政长官的范成大，十分欣赏陆游的诗才，更赞赏他的爱国情怀与勇气，时常相邀聚会，吟诗作赋，纵论天下大事，抒发抗击金兵收复中原之豪情，并把他引为知己。如果说映佛是范成大年少时苦难生活的伙伴，那么陆游则是他中年时志同道合的至交。

傍晚时分，范成大与陆游在自家门前老樟树下的石桌前相聚而坐，他们以茶代酒，畅叙友情。“致能兄，你可要多多保重身体呀！”陆游呷了口茶，关切地说。“唉，时局多艰，谁让我们生于这离乱之世呢？忧国虑民，这恐怕是我们这一代人的宿命了！”半晌，范成大叹息道。

后来，这对至交的话题便散漫开来了，他们的谈资时而是诗赋，时而是佛道；他们的目光，忽而观照当下，忽而洞悉前朝；他们的思绪有时专注于眼前的石湖山水，有时却穿越时空的烟尘，抵达了数十年前的四川边地。聊着聊着，他们渐渐地似乎无话可说了，只是端起茶盏，四目相对，默默地品尝着杯中的清香与苦涩。

远处，数峰清苦，无声伫立于斜阳之外；石湖悠悠，汩汩流淌于天地之间。

一位大家与一幅名画的诞生

元至正七年（1347）一个暮春的午后，一驾马车自南向北，沿着通衢大道，直奔常熟虞山而来。

马车在虞山南麓的剑门关前停下。车上走下一矮一高两人，清一色藏青布袍，黑色圆口方鞋。矮者头发花白，步履有点蹒跚，虽瘦小却精神矍铄。高者正值中年，浓眉大眼，步伐稳健；左手提着个沉甸甸的布袋，右手搀扶着矮者。他们在山前站定。眼前的虞山连绵起伏，不乏磅礴之气势。天气有些炎热了，阳光也有点刺眼。他们手搭凉棚于眉上，极目四望，又指指点点地交谈了一会儿，便径直穿过剑门，循着杂草丛生的弯曲幽径，缓缓地向山坡走去。

一路上走走停停，停停走走，一番寻寻觅觅之后，他们终于在两棵奇形怪状的松树前停下。斫去杂树，拔掉乱草，渐渐地露出四个坟头。他们解开布袋，取出碗碟、瓜果，一一摆上；然后洒酒，点烛，焚香。老者双膝跪地，先是侧身对着东边的两个坟头，虔诚地叩了三个头；接着偏向西边的两个坟头，又虔诚地叩了三个头。行礼完毕，老者在同伴的搀扶下站起身，双手合十，对着坟头，对着坟头后的松树，对着松树后巍峨的虞山，默默祷告。祭拜完毕，他们便在坟前的巨石上坐定，背靠大山，一起欣赏着这片苍翠广袤的原野。湛蓝的天空了无纤云，五月艳阳朗照之下，远近浓翠覆盖下的村庄、镜子般透亮的湖泊，以及浓淡不一的田畴清晰可见。长风吹拂，掀起阵阵麦浪，和着身后山林松竹的涛声，与天空中掠过的大雁的叫声。一切都是那样的安详、宁静而又生机勃勃，一如他们此刻的心境。看着看着，老者不由得从挎在腰间的黄牛皮包中掏出笔墨纸砚，将眼前所见、意中所念，随手画了下来。这是他多年养成的习惯了，每逢佳山胜水，必当即时摹记，今天也不例外。而这些摹记所得，最后都被他融入了一幅伟大的作品之中。

下得山来，回到车上，笃笃的马车便又载着他们疾驰而去。不一会儿工夫，马声车影便渐渐消失在这个暮春午后的一片旷野之中。

这是一千三百多年前，吴中大地上曾经出现的一幕。这位矮小的老者，便是黄公望，时年七十二岁。陪伴着他的另一位，便是黄公望的忘年莫逆之交郑樗，时年五十六岁。他们今天是来扫墓的，为黄公望的养父母与亲生父母扫墓。虽然早已过了扫墓时节，可他们是方外之人，无须顾及世俗规矩，只要随从自己心愿即可。让黄公望无限感慨的是，距离上次返乡，已经相隔整整二十年了。

二十年前，也是一个暮春的午后，刚出狱不久的黄公望，衣衫褴褛，身心疲惫地回到家乡常熟虞山镇，想要探望自己的养父母黄乐夫妇。谁知养父母早已过世，老屋也已易主，他心中仅存的一点希望终于化为泡影！一时间，五十二岁的黄公望万念俱灰，他感觉自己是这个世界上最大的不幸者与失败者。回想自己一生，荆棘丛生，山穷水恶路坎坷。

黄公望出生于宋末元初那个江山易主的离乱之世，十岁那年，亲生父母为避兵燹在逃难途中双双殁于瘟疫，最后只留下孤苦伶仃的自己。所幸当时正在常熟做皮草生意的永嘉（温州）人黄乐夫妇收养了他，终于让他重新拥有了一个温暖的家。养父母对他恩重如山，十二岁时，他便入乡塾从师学习，熟读四书五经，旁及诸艺，尤其钟爱山水画作，并背着父母与恩师偷偷临摹。和天下所有士子一样，他遵从养父母之命，严师之训，期望通过自己的积极进取，以博取科举功名，成就人生辉煌，并光耀门楣。哪承想朝廷居然取消了科举考试，他虽满腹经纶却干禄无阶，入仕无门。

一番彷徨之后，至元二十九年（1292），二十三岁的黄公望终于在亲友的举荐下，投奔时任江南浙西道肃政廉访使的徐炎门下，做了一名书吏（文书）。此后二十多年，他转辗于各级各类官僚幕府之间，一直从事着书吏这一行当。本想从此平平安安度过一生，谁知天有不测风云，延祐七年（1320），他竟因上司张闾贪腐案连坐锒铛入狱。整整六年暗无天日的牢狱生活，繁重的体力奴役，残酷的精神虐待，迷茫的未来前程，让黄公望形同枯槁，心如死灰。他心中唯一残存的一丝希望，便是家中年迈的养父母了。如今，养父母业已亡故，并未给他留下半男一女的妻子也在他入狱的第二年弃他而去，只留下他孑然一身了。

后来，黄公望找到了养父母的墓地。又在亲友的帮助下，凭着遥远童年的零星记忆，寻觅到了他出生的老屋旧址，挖出两个石鼓蹬，下葬到养父母墓地的旁边，权当亲生父母的坟头。于是，四个坟头，两份亲情，一种永远的念想，便矗立在他故乡的虞山南麓，矗立在他的心宇间。

暮色苍茫时分，黄公望和郑樗的马车终于在松江府汾湖边的云水观前停下。年轻的道长笑盈盈地把他们引领进早已准备好的精舍。道长是他们的同门小师弟，加之仰慕他们，尤其是黄公望在画坛的崇高地位，对两位师兄自然是殷勤招待，体贴入微。当晚，三人于观中庭院内把盏言欢，畅叙友情。酒过三巡，黄公望站起身来，端起酒杯，借着三分酒意，特地走到郑樗跟前：“无用贤弟，能遇见你，实乃老朽此生之大幸矣！”

郑樗急忙放下手中盏筷，起身抚着黄公望的双肩："一峰老兄，言重啦，言重啦！"一旁的小师弟看过去，两人都双眼噙着泪水，略有几分醉意了。

酒后吐真言，此刻的黄公望故地重返，触景生情，真是百感交集。当年他出狱后寻亲失望，生活无着，只得凭着二十多年书吏生活练就的书写本领与对山水画的热爱，浪迹江湖，卖艺为生，过着几近乞讨的生活。那年的一个深冬，黄公望来到松江府街头，在一个背风的墙角摆了个摊，竖起一面青布幌子，正面大大的"卦"字下面写道：求前程，知今生。反面则是：代写家书，兼售山水。幌子下面的长桌上整齐地摆放着笔墨纸砚，右角的书条石下所压着几张他近期所作的山水画作，被寒风吹打得哗哗作响。天寒地冻，没有一个顾客，阴沉沉的天空中正飘着零星的雪花，黄公望双手拢在袖间，正襟危坐，笑眯眯地迎对着眼前经过的每一位路人。这时，云游回观的郑樗正巧路过，他驻足打量了一番幌子，又走到近前，一张张仔细翻阅了桌角的山水画作，当得知眼前的这位长者便是画作的主人时，一阵欣喜掠过心头。他立马凑到黄公望面前说了些什么，在征得对方同意之后，便帮忙收拾摊位，把黄公望带回了云水观。不久，作为时任云水观道长的郑樗，又把黄公望举荐给了余杭（杭州）龙虎山先天观的教主金志阳，成了自己的同门师兄弟。一生的相知往往源于一次偶然的相遇。郑樗从黄公望的山水画作中读出了一个落拓士子不屈的灵魂与蓬勃的生命气息，他料定，眼前的这位老者终将成为独步画坛的一代大家。

此后，郑槥便几乎成为黄公望的经纪人，凭着他出色的运作能力，不到两年工夫，天下所有的全真教道观几乎全都挂上了黄公望的山水画作。而栖身于道观的黄公望从此也衣食无忧，他遍游江浙两地的名山大川，师法前朝大画家董源之笔法，并虚心向当朝王蒙等大家请教，博采众长，推陈出新，潜心于山水画创作，佳作连连，深受时人之赞誉与追捧。

第二天清晨，黄公望与郑槥的马车按既定目标，经由余杭、临安，一路朝南向西，终于在第三天傍晚，驶入了富春江边的大山深处。

暮春夕阳朗照着巍峨群山，一派绚丽辉煌。暖黄色的阳光从苍穹成片成束地倾泻而下，被山林筛成满地的金光闪烁。远峰逶迤，近山沉稳；古木参天，禽鸟啁啾；飞瀑喧响，山鹿跳跃。此情此景，让黄公望的心头蓦然勃发出一股亢奋，他掏出随身携带的画笔，就着车外时明时暗的光线，又情不自禁地摹写了起来。一旁的郑槥急忙帮他扶稳不停晃动的画纸，默默赞叹道：真是个痴人呢！翻过两个山头，他们的马车终于赶在天黑之前，停歇在鸡笼山脚下的两间瓦屋前。这是郑槥为黄公望精心安排的新居。从此，黄公望正式结束其长达数年的云游生活，真正融入了这片富春江边的大山之中，就像这山中的一只鸟，一头鹿，抑或一棵参天的树。

黄公望感觉此生就像一场梦。梦醒了，一切悲喜苦乐、恩怨情仇全都烟消云散；唯有这富春江的山山水水才是真真切切的存在，才是自己人生暮年的可靠依托。郑樗在陪伴他熟悉了一段山居生活之后，就外出云游去了。于是，黄公望就像一位普通的山民，肩挎装有笔墨纸砚的牛皮袋，日出而行，日落而归，用双脚去丈量、用身心去体悟每一个山头，每一条沟壑。站在山巅，他就是一棵松。仰观漠漠苍穹，斗转星移，流云悠悠；俯察崇山峻岭，群峰竞跃，万壑奔流。漂流江中，他就是一条鱼。静观明媚日光、斑斓山色倒映水中，旖旎成一幅幅美丽的图画；聆听晨夕山籁、春秋风雨与涛声相和，交响出一首首摄人心魄的乐曲。行走山间水岸，他更像一位智者。念天地悠悠，富春江千年奔腾从未停息，江两岸重峦叠嶂气贯云霄。而世世代代生于斯长于斯终老于斯的人们，就是这山之魂，水之灵。

一天天，一年年，一遍又一遍的体察与感悟，让黄公望渐渐意识到，他原先所长的区区尺牍画幅，已容纳不下这富春江的山山水水了；他需要一幅长卷，去完整地呈现他心中的富春江的一切。他又觉得，如果沿用传统的黑白两色，已不足以表现这富春江山水之美了；他决定大胆使用浅绛色，去表现山石林木之色泽。他精心挑选了若干张上好宣纸粘连在一起，配备好满意的笔墨，从百里富春江的上游起笔，将烂熟于心的山水风光、村舍原野、道路津梁、市肆人物等，一一图画。有时思路凝滞了，便起身离案，外出去山林间走上半天，或是找个山头坐上两个时辰，抑或去附近道观找一二老友闲聊一场，回来又继续伏案图画。就这样断断续续地潜心创作了数月之后，一幅气势磅礴的富春江山水长卷终于问世了！但他并不急于将作品示人，尽管他觉得创作得还算满意，但如此长卷的尺幅，如此反传统的色彩，世人能否接受，他心里没底。但他毕竟了却了一大心愿，而且也许是他创作生涯中最后的一大心愿了，因而也倍感欣慰与满足。他在等待，等待着郑樗的归来，等待着他的知己来鉴赏他的新作。

郑樗终于回来了，在一个层林尽染、山果飘香的深秋的黄昏，他回到了黄公望的身边。就在展开这幅长卷的那一刻，他彻底惊呆了：画幅上，富春江水犹如一条白练自始至终飘逸而下，江上帆影点点，渔舟游弋。江两岸近山苍翠欲滴，远峰连绵起伏，山石突兀，沟壑飞瀑；山间寺庙道观隐约能辨，山外原野村寨清晰可见。整幅画卷沉稳而不失灵动之气，高雅又不乏人间烟火味。而以如此之长卷呈现与浅绛着色，更是黄公望推陈出新之创举。黄公望从郑樗的表情中似乎已经读出了好友对自己的肯定，自然兴奋不已。他在一旁幽幽地说："无用贤弟，此画还没题名呢，你给起一个吧。"郑樗思索良久，道："一峰老兄，这是你这些年隐居山林所得，就叫《富春山居图》吧。"

数年之后，病中的黄公望自知将一病不起，便在自己用毕生精力创作的画幅上题跋道："至正七年，仆归富春山居，无用师偕往，暇日于南楼援笔写成此卷，兴之所至，不觉亹亹。"并把它亲手交付给了郑樗。

于是，郑樗便成为黄公望这位一代大家的传世名画《富春山居图》的第一位收藏者。

千古阊门别离地

“吴趋自有史，请从阊门起。”这是陆机在《吴趋行》里的句子。

自春秋时期伍子胥象天法地始筑阖闾大城起，阊门便成了这座城池“气通阊阖”的首门，它见证了我们这座古城两千五百余年的沧桑变迁。而五水汇聚、城外阡陌与城内街巷交互勾连的特殊地理环境，又使这座城门成为迁客骚人与海内外商贾们的云集之地，难怪连曹雪芹都赞叹其为“最是红尘中一二等富贵风流之地”。于是乎，千百年来，别离的场景便像一幕幕大剧，在这座城门口不断地上演着。

大明嘉靖二十四年（1545），一个初夏的午后。姑苏城西，老阊门内一家沿河的客栈楼下的酒馆内。

酒馆坐西朝东，左手边临窗的一张桌子前，徐渭与好友萧勉相对而坐，把酒对饮。徐渭举起酒盅，直起身子，伸到对面：“来，萧勉贤弟，愚兄再敬你一回！”说罢，又将酒盅收到自己嘴边，仰起脖子，一饮而尽；然后涨红着脸，斜靠在椅子里，朝对面的萧勉露出孩童般纯真的傻笑。“仁兄尽管放心，小弟我不久还会来看你的。”萧勉看着徐渭已有几分醉意，便安慰他道。较之徐渭，萧勉明显要克制得多，他知道，自己今天还要乘傍晚的航船赶回山阴（绍兴），不能喝高。但同时他又不能扫了徐渭的兴致，尤其是不能辜负好友的这般殷殷惜别之情。

此刻的徐渭，就这么直愣愣地看着萧勉；良久，他才把视线移向窗外。窗外，垂柳翠绿，在微风中袅袅飘拂，还不时地俯身撩起脚下汩汩流淌的碧水，而碧水却只是偶尔激起几朵细碎的白花，便继续不急不缓地缓缓流淌，赶着自己的行程。这让徐渭的心湖不禁细浪翻滚：特意从老家山阴前来探望自己的好友如今即将返程，留下的又将是在这座城市茕茕孑立的自己与无边的落寞，这可如之奈何，如之奈何啊！“仁兄暂且宽心，你我尚在年少，天下之大，总有我们安身立命之所。”萧勉似乎深知徐渭此刻的心境，继续劝慰道。徐渭这才收回目光，回过神来，但并不言语，只是频频举起酒盅，邀约对方继续喝酒。而他的思绪，却早已穿越漠漠时空，回到了从前。

想自己也是出生于官宦人家，祖上因世代经商而发家致富。到了祖父辈又开始涉足仕途，父亲官至四川夔州府同知，叔父也官至福建邵武府同知。如此门第虽谈不上显赫，但也可谓有钱有势了。怎奈自己乃父亲老来所得之子，加之又系庶出，打小便饱受这个大家庭的歧视与冷落。待到父亲亡故之后，那位同父异母的兄长徐淮外出经商失败，几乎耗尽了所有家资，这个大家庭从此破产没落。更为可悲的是，七岁那年，自己的亲生母亲苗氏又被徐家赶出了家门，从此，他便成了一个事实上的孤儿。多灾多难的童年生活，使自己养成了乖巧而又多愁善感的性格。好在自己天生聪慧，六岁读书，过目成诵；十岁作文，轰动全城；十二岁习得音乐与戏曲，竟能背唱整部《西厢记》和《琵琶记》。十五岁那年，在亲友的影响下，开始练习剑术与骑射，又培养了自己对军事的兴趣和勇于冒险的精神。一时间，自己在乡里名声大振，与萧勉他们被誉为“越中十子”。

可如此之才情与名声，并没有给自己的科举之途带来半点好运。二十岁那年，踌躇满志的自己应试秀才，却名落孙山；后来有幸参加复试才勉强上了榜。三年之后参加乡试，竟然又是榜上无名！这接二连三的打击，让自己忧伤而无奈。也就在当年，又由比自己年长三十多岁的长兄徐淮作主，与官至典史的同乡人潘克敬家议婚。但因家道中落，无力献纳聘礼，长兄便要自己入赘潘家。长兄为父，父命难违；自己别无选择，只能屈从。婚后，便随岳父前往广东阳江县上任，在典史衙内协助处理公文，熟悉官署事宜。虽说婚后与娘子也极恩爱，怎奈天不假年，一场瘟疫夺去了娘子的性命。童年丧父，青年丧妻，科考多舛，家道没落，这一系列的人生劫难，让自己这个初涉尘世的年轻人情何以堪啊！但天生不服输的倔强个性又时刻提醒自己：大丈夫顶天立地，即便头破血流，也应自舔伤口，继续前行！于是，在生母的首肯与好友萧勉的鼓励下，自己便毅然离开潘家，独自外出谋生，最终来到姑苏。

“今年又是秋闱，仁兄不妨早作打算，待到熬过这个苦夏，可要及时赶回山阴应试呀！”萧勉的提醒将徐渭从辽远的思绪中拉回。徐渭看着好友，不禁心生感慨：是呀，又是三年一次的乡试年了，不知今年上苍是否会眷顾自己？他便对萧勉道：“眼下愚兄我正师从文壁（文征明）先生学习书画，自觉业已入门，日有益进，真是不舍得半途而废哪！但秋闱是一定不会错过的，多谢贤弟提醒！”说罢，他又抬头看看窗外，但见日头业已偏西，便对萧勉说：“贤弟，时候不早了，回客舍拾掇下行李，准备去码头吧。”于是，两人便站起身来，上楼回客舍去了。

暮色苍茫时分，徐渭与萧勉并肩出现在了老阊门城门口，他们的身后是担着一肩行李的脚夫。习习晚风吹来，有点凉。抬眼望去，码头上熙来攘往，全是送别的人，仿佛全城的送别都赶在这个黄昏，所有的离情也都凝聚于此时此刻了。极目远眺，一轮夕阳抛在狮子山头，闪烁着凄迷的光芒。落日的余晖洒满了面前辽阔的水域，随着荡漾的微波起伏跳跃。水面上舟船穿梭，帆影交错；码头边起锚点篙，别语喁喁。徐渭一手轻轻抚着萧勉的肩背，默默地向码头走去。他知道，别离，在自己的生命中已然成为司空见惯的事了，虽然他才二十四岁。与生母的生离，与发妻的死别，如此人间惨剧都经历过了，还有什么是自己不能忍受的呢？今天，与好友萧勉的分别，只不过是昔日的场景重新经历一遍罢了。他所感慨的是自己目前的人生遭际：功名未遂，生活无着，身无所依，飘泊他乡。于是，当在码头挥手别过萧勉，目送着好友的一叶扁舟隐没于青山斜阳之际，他依然久久伫立于水边，不禁悲从中来。良久，口占一绝道：

送别阊门日已西，
自将光景比乌栖。
平生不解依枝宿，
今日翻成绕树啼。

自然，徐渭留给阊门的仅仅是一位青年士子的个人之哀。而“洪武遣散”则是一个时代留给这座城市的集体伤痛，且历经六百余年，仍让人唏嘘不已。

明初洪武五年（1372）深秋时节，一个寒意阵阵的早晨。老阊门城头彩旗招展，正中的一面硕大的杏黄旗上，“奉圣旨遗散”五个大字格外醒目，即便是三四里地开外的城内街道上也能见到。

此刻，在城内由东向西的一条临河的街道上，一队兵丁正押送着一长溜人向阊门码头赶去，被押送的人中，有白发苍苍的老人，也有七八岁的孩子，更多的则是青壮年。他们不分男女老幼，双手全都捆绑于胸前，被一根粗大的麻绳牵引着，神情凄苦，跌跌撞撞地在弹石路面上走着。一旁的兵丁们一边厉声呵斥着，一边还不时地将手中的长矛短戟在他们的头顶上挥舞。队伍蔚为壮观，首尾相接，足有两三里地。整条街道的店铺此刻几乎是不约而同地全都打了烊。即便偶尔有一两户胆大的店家开一道门缝，露出半个脑袋神色张皇地窥探下，看到眼前的景象，也便旋即缩回头去，仿佛唯恐凶神恶煞的兵丁们也把他们给捆绑了去似的。

“解手，老子内急！”突然间，人群中间有人大声叫唤道。一旁的兵丁一看，是齐门外大街上的吴家二公子，其形貌甚是彪悍。瞬间，整个队伍在一个十字路口停驻。这个路口车来人往的，街边全是摊贩，原来是一处集贸市场。大家你看看我，我望望你，预感着仿佛有什么事情要发生。走在前面的吴老爷也回过头去，意味深长地朝儿子看了一眼。寻思道：这小子莫非又要惹什么事端啦？与他家那温文尔雅知书达理的大公子截然不同，吴老爷的这位二公子打小便刁蛮任性，长大后也不想着博取功名，而是整日召集一帮游手好闲之徒，舞枪弄棒

海棠春塢

的。五年前，当今圣上调兵遣将攻打苏州城，他居然还投靠在张王张士诚麾下，去帮着守城呢！幸亏后来吴老爷派家丁及时召回，否则真是惹下杀身之祸啊！尽管后来吴老爷竭力隐瞒此事，但还是给官府知道了，否则这好端端的吴家怎么会遭此大难呢？吴老爷在心里嘀咕道。

那兵丁靠近吴二公子跟前，瞪着双眼："就你事多！"便帮他解开双手，十分警惕地紧随着这位吴二公子去找如厕的茅房。这吴二公子仿佛是专找人堆里钻似的，在这四岔路口折返向南，一会儿工夫便淹没在了人群里。那兵丁急了，赶紧奋力拨开眼前的人流，追了上去，好不容易找回了他，便不由分说一把抓住他的后衣襟，死死地攥着。就这样过了半条街，吴二公子见路边摊贩跟前摆着两筐大南瓜，迅即弯下身去搬起一个，返身朝那兵丁头上猛地砸去。然后乘对方还没反应过来，一溜烟地窜进了街边的一条小巷，逃走了。那兵丁冷不丁地遭此突然袭击，又气又恼，站在原地四下搜寻一番，自知形如大海捞针，渺无希望，便黑着脸重新返回到队伍前，恶声恶气地喊道："走！"顿了顿，又对人群吼道："哼，想逃逸，就是个死！"一时间，整个队伍全都低着头，还以为这吴二公子给那兵丁做没了呢，都无奈地继续前行。只有吴老爷不时地回过头，用狐疑的眼光晃着那兵丁：就你那小身板，能制服得了我家老二？

阊门码头上一片呼天抢地的哭喊声。宽阔的水面上，四五艘硕大的木船扯着白帆，静静地停泊着。先期抵达的另外两拨人，正被兵丁们从粗麻绳上解下，排着长队去认领由马车送达的自家衣物家什之类，然后挨个点过卯，连推带搡地被押送到大木船上。吴老爷所在的这队，被要求挨着城墙一字排开站着，然后一家家被带到物品堆放点领取自家的随身行李。可怜吴家上下二十余口，全都凄凄惶惶地取过自己的东西，围着吴老爷或默默垂泪，或抽泣哽咽。而此刻，吴老爷将怀中抱着的一株银杏树苗高高举过头顶，对着吴家所在的东北方扑通一声跪下；全家人随即也都齐刷刷地跪倒于地，跟着吴老爷连磕了三个响头。末了，吴老爷站起身，带着全家一步三回头地向大木船徐徐走去。而他怀里抱着的那株银杏树苗，仿佛就是他的全部，他们吴家的全部。他要把那份属于故土的念想，带到他们此次远徙的目的地——江北海边，栽种于新家的门前，让它成长、开花、结果，并让它告知吴家子子孙孙，自己来自苏州，他们的根在苏州！

阿爹——身后传来一阵熟悉的叫喊声。吴老爷回过头，但见一个身影在城楼上一晃而过，便不见了。吴老爷的心头掠过一阵欣喜：老二是在告诉自己，告诉全家，他终于躲过了一劫。只要有他在苏州，吴家在老家的香火便永远延续着！

中午时分，四五艘大木船被塞得满满当当的，终于开始起锚了。谁知才点篙离开码头数十米远，几乎每条船边都传来了扑通扑通的跳水声。押船的兵丁们急忙嗖嗖地向水中放箭，只有几摊水面漾起一片血红，更多的则是除了水面上荡起几圈涟漪便了无痕迹。片刻工夫之后，只听见远处岸边的芦苇丛中传来一阵萧萧声……

待到所有的船只全都出港，一片帆影飘进苍茫的大运河之后，老閶门码头便沉浸在一派死一般的寂静之中。

当空，是一轮惨白的日头。

晚晴仁和堂

大明武宗皇帝正德四年（1509），深秋日的午后。苏州府阳澄湖畔西宅里村，有竹居内。

沈周手拄一柄藤杖，由老夫人与贴身丫环搀扶着，徐徐走出卧室，来到书房的画桌前，坐定。那只与他形影不离的大白猫，旋即身手敏捷地从他卧室的床头飞奔而出，十分乖巧地蜷缩于他的脚边。丫环心领神会，急忙取过桌子上那幅尚未完工的《晴秋图》铺展于他面前。沈周侧身注视着面前的这幅半成品画作，伸手摩挲着，就像抚摸着他那只心爱的大白猫一样。良久，他下意识地摸了摸笔筒里的那支狼毫画笔，想要取出，但又将手缩回。他微微摇了摇头，轻轻叹口气，颤颤巍巍地站起身，走出书房，穿过厅堂，蹒跚地来到大门前的庭院里。大白猫则一边喵喵地叫着，一边缓步紧跟其后也来到庭院，见主人停住脚步，方才蹲坐于沈周面前，睁着红宝石似的眼睛仰望着他。

偌大的庭院由竹篱围笼，院内大朵小朵的菊花怒放。小的玫红色，铃铛似的垂挂着，被风儿一吹，仿佛还碰撞出似有若无的叮叮当当声。大的金黄色，恰如一只只朝天大吸盘，了无遮挡地吸纳着来自苍茫长天的同样金黄色的阳光。更有无数雪白莹洁如玉者，恰到好处地杂糅其间，如沈周那散漫跌落的思绪，对往昔岁月作着深情的缅怀。阳光照遍周身，暖暖的；微风拂面，透着些许凉意。沈周抬头仰望天空，苍穹一碧如洗，只有天边游弋着几朵白云，一如此刻身边的菊花。也许是直逼而来的阳光过于刺眼，骤然见，一阵眩晕袭来，他感觉眼前一黑，身子不由自主地摇晃了一下，但随即又借助藤杖之力，重新稳稳地站立于原地。

“老爷，外面风凉，我们回屋吧？”老夫人见状，不无担心地提醒他道。就连那只大白猫也噌地一下跳到他脚板上，帮衬似的用双爪挠他。可沈周似乎并未听见，只是若有所思地眺望着庭院之外那片萧萧的竹林，望着竹林之外那一望无际的金灿灿的稻田，以及田野尽头那一湖微浪轻漾、鸥鸟低翔的碧水。隐约间，他恍惚感觉自己的生命亦如眼前这弥望的稻子一般，行将老熟了！入秋以来的一场大病，让他足足卧床了三个来月。足不出户的这段日子里，他只得抬头透过天窗遥望蓝天的深邃，隔着窗户感知阳光的温暖。所以，今天感觉稍有好转，他便迫不及待地要求下得床来，到外面透透气。他是多么渴望外面的新鲜空气，多么渴望重新回到自己心爱的画桌前哪！

“恩师，你终于痊愈啦！”冷不丁地，院外青砖场地上停歇了一辆马车，车上走下了一位年过半百的男子。沈周闻声定睛细视，原来是方隐泉。此人乃松江府人氏，自己的至交，大概是听闻了自己身患沉疴的消息，特地前来探望的。“隐泉呀，老朽此番大病一场，差点儿与你永相睽违哪！”沈周紧紧握着对方的手，一时双眼噙泪，语声哽咽，伤感万分。望着沈周消瘦蜡黄的脸色，与在秋风中瘦弱似稻秆样摇晃的身子，方隐泉也不禁悲从中来。“恩师，外边风大，赶紧回屋吧！”说罢，便与丫环一起搀扶着沈周返回屋内，于仁和堂分宾主坐下。那只大白猫此刻也不声不响地紧随其后，见主人坐定，便纵身一跃跳到沈周怀里，十分惬意地蜷缩着，眯起眼睛，于半梦半醒中倾听着宾主之间的交谈。

丫环手脚麻利地摆出几样橘子、荸荠之类的水果，端上茶水，便知趣地退到一旁侍立着。这边老夫人赶紧命下人取下院场上马车中方隐泉的行李，送至后院客房。

方隐泉环视四周，但见屋内陈设简洁大气，与之前并无二致。身后头顶正中的两条方梁下宕处，悬挂着一方荸荠色匾额，上书“仁和堂”三个大字，粉金篆体。其下的粉墙上，是一幅硕大的湖居图，为主人沈周所作。画面上烟水沧茫，农田广袤，村落参差，一派朴实恬淡意境。厅堂内各式家具简约疏朗，给人以极大的舒适感。一旁案几上的两盆兰花身姿苍翠绰约，正吐出嫩黄的花蕊，整个厅堂内便萦绕着一缕缕似有若无的幽香。

“恩师，初秋就听闻你抱恙的消息了，怎奈琐事缠身，延宕至今方才前来探视，还请多多包涵！”喝过一开茶，稍事休息之后，方隐泉侧身对沈周道。“隐泉哪，我也惦记你呀！”沈周听罢，习惯性地捋了捋雪白的长须，微微叹了口气，对着眼前的这位爱徒说：“唉，此番沉疴如此，真怕再也见不到你了呀！”这当儿，老夫人亲自端来半碗酱赤色的汤药，送至沈周手中：“石田，趁热把它喝了吧！”说着，还趁机抽出袖中的手绢，替他轻轻擦去额头涔涔的虚汗。

其实，沈周与方隐泉原先并不认识，他们的相遇与相知，乃至成为当下的忘年之交，纯属偶然。

二十多年前的那个盛夏的午后，沈周正与一干朋友在阳澄湖边的一架竹凉棚下一边乘凉垂钓，一边品尝才从湖边地里采摘来的西瓜，甚是惬意。他们面前的长几上，错杂地铺展着几幅各自新近的画作。这一干人中，沈周是长者，又是画作成就与声望最高的一位，所以大家都很尊敬他。而他从未因此而自得或自狂，却总是笑眯眯和颜悦色地与大家说话，一副谦谦君子与忠厚长者的意态。“石田兄，现如今外面都在传，说是有一位后生专事模仿你的笔迹，并冒充你的名义在坊间兜售画作呢！”席间，有位画友像是陡然间想起了什么似的，一本正经地提醒沈周道。说罢，一脸愤愤不平的神态。哦！真有此事？沈周心中颇为惊讶，但并未出声，只是笑眯眯地注视着对方，仿佛正饶有兴致地等待着对方继续往下说。“岂有此理！”不料，另一位画友嗖地站起身来，正色道：“此乃剽窃，石田兄当深究之！”可沈周依然不动声色地坐着，脸上挂着淡淡的笑意。众人见状，似有所悟，也就纷纷转移了话题，气氛便又变得轻松愉悦起来了。“依在下所见，这是以另一种方式佐证石田兄画艺之高超，影响之广大也！”不一会儿，不知是谁又把话题给绕了回来，对着众人朗声说笑道。于是乎，整个竹凉棚内便爆发出了一波又一波的哄笑声。声浪四溅，纷纷跌落进他们身边那阳澄湖喧响的波涛之中。

半个月后的一天傍晚，凉棚下雅集的画友们全都四散回家了，唯有主人沈周依然对着夕照下满眼的粼粼波光独自垂钓着。阵阵晚风吹来，凉爽适意。面前，是披着金灿灿晚霞的低翔的水鸥，与嘎嘎游弋着的野鸭；身后，则是与沧茫阳澄湖水面一样辽远无际的绿油油的稻田。“石田先生好！”突然，身后传来一声陌生的问候。沈周回过头，但见一位三十开外的年轻男子站立于自己面前，脸色黝黑，穿着件乳白色粗布短褂衫，样貌与当地的农夫一般无二；只是手里握着一卷宣纸，讪讪怯怯地，面对着沈周的注视，一时间竟颇为局促不安。沈周见状，凭经验猜想，这位后生大概是来向自己讨教画技的；便缓缓放下手中的钓竿，站起身来，笑眯眯地走到他跟前，指着身边竹凉棚内的桌椅，和蔼地招呼道："请坐。"那后生将手中的宣纸轻轻置于桌上，看着沈周，红着脸道："石田先生，今天我是特地向你赔罪的。""赔罪？为何呀？"沈周的心头一时云雾缭绕，但并没有将自己的疑惑和惊讶表现出来，依然只是笑眯眯地注视着对方。也许是受了沈周和善态度的感染吧，那后生渐渐地便不再胆怯了，而是十分平静地将自己一段时间以来如何模仿沈周的笔迹，然后冒充沈周的名义，将十来幅画作在坊间兜售的事一五一十地告知了他。那后生还说自己本乃松江府一富户公子，因两年前受一桩冤案牵连，遭官府抄家，后来便流落到苏州府，投奔一远房亲戚，靠务农苟且偷生。如今冤案得以昭雪，不日即将返回家乡。"石田先生，小生自幼酷爱丹青，亦小有成就；怎奈家遭变故，生计陷入困顿，为维持温饱，方才出此下策。今日特地登门谢罪，还望先生多多包涵哪！"末了，那后生站起身来，十分隆重地走到沈周跟前，恭恭敬敬地弯腰曲背，打躬作揖道。沈周见状，也站起身来，轻轻拍了拍那后生的肩膀，十分关切地询问道："那么，此番回松江府，盘缠可有问题？"那后生却只是低沉下脑袋，一言不发。沈周略一沉吟，便随手取过桌上自己当天上午才完成的画作，卷起，塞进他的手中："明天早上你去集市上把它卖了，换几个盘缠吧！"然后，又十分认真地将后生带来的那幅向自己讨教的题为"竹石春色"的画作，略微润色了几笔，盖上自己的篆印，半开玩笑道："此画也算在老夫头上，你一并拿去卖了吧！"那后生一时间感动得热泪盈眶："多谢先生厚爱之德！"说罢便退后几步，转身离开了。

这后生便是方隐泉。从此以后，沈周便收其为徒，并与之频繁来往，成为忘年之交。

如今，方隐泉画作成就虽远不如泰斗级的沈周，却也已蜚声画坛，尤其在苏州、松江地区早已成为家喻户晓的人物了。"隐泉，别来可好？"也许是心理作用，沈周喝过汤药，精神似乎好了许多，侧过脸看着方隐泉，关心地问。他清晰地记得，上次他们师徒两人相见，还是今年春上一起泛舟太湖去洞庭西山踏青采风的时候。他们师徒俩均以吴中山水为题材创作，可其所居之地都有水而无山，故而时常会相约去就近的太湖岛观察山水，寻找创作灵感。"我一切都好，承蒙恩师点化，画艺也日渐长进。"方隐泉真诚地说道："只是一直挂念恩师，这几个月来每天在自家斋堂进香祈愿，盼望恩师早日康复！"沈周此刻甚为感动，欠身将怀里的大白猫放到地上，又亲自拎起右手边茶几上的铜壶，为爱徒续上茶水，轻轻叹了口气："嗨，隐泉哪，老朽已是日薄西山之人，听天由命吧！"其实，只有他自己心里最清楚，此番大病，病魔已然将他的身子掏空了，怕是离大去之期不远了。

喵喵——脚下的大白猫似乎听懂了主人的伤感之语，睁大红宝石似的眼睛，一脸忧伤地望着沈周。

两天后，沈周于仁和堂内送别了方隐泉，又迎来了曹爽。

曹爽乃北地幽州人氏，三十多年前曾任苏州知府。此君与沈周同庚，身为官宦，除了工于词赋，又酷爱绘画，据说中举前曾是幽州当地出了名的绘画神童，只是后来在父母的引导下走上了当时绝大多数士子都该走的光明大道——科举入仕，因而荒废了少时所酷爱的绘画。但少年的梦想就像一颗种子，一旦遇上适宜的气候与土壤，便会萌动发芽。那年曹爽初到苏州为知府，便迷恋上了此地的湖山胜景与旖旎风光，当即决定要将其留驻于府衙之内。于是命手下在全苏州府范围内征召画工十余名，拟用半年工夫集中完成此项工程。于是乎，由府而县而乡里，逐级摊派下压任务。据说当地有一分管此事的小吏因之前与沈家有过节，耿耿于怀伺机报复，便把沈周也给“举荐”了上去，想让他去尝尝这苦差事的滋味。此时的沈周已是吴地无人不知无人不晓的著名画家，让他去干这等差事，简直可以说是一种侮辱！家人与亲朋为此愤愤不平，意欲找此小吏理论去。可沈周却毫不介意，反而劝慰他们道：“给官府当差，乃分内之事；再说亦可借此操练画技，何乐而不为也？”众人见他言之真诚，也就因此作罢，不再纠结。

于是，沈周便混迹于一堆画工中，克勤克俭，不计报酬地为曹知府足足打了半年的工。有一天，京城中有位同样酷爱绘画的官员修书一封，前来向曹知府询问有关沈周的事。这位曹知府不敢怠慢，当即命手下一名得力干将当天前往阳澄湖畔寻访。那位使坏的小吏知道此事非同小可，只得将自己当初如何为了报复沈家而让沈周前去当画工的事和盘托出，并装出一副十分真诚的忏悔模样。第二天，曹知府听完手下的禀报，大为惊讶，立马亲自前往画工坊，找出沈周，将其延请至府衙，恭恭敬敬地待为上宾。“石田先生，在下真是有眼不识泰山，还望多多海涵哪！”说着，便接过下人手中的茶水，亲自送到沈周手中，并把京城中那位官员向他致意的事告知了沈周。沈周得知了事情的原委，一时也颇为感动：“曹大人言重了，老夫乃一介村夫，能为官府效力，实乃荣幸之至！”当晚，曹知府还特设家宴款待了沈周，并与其促膝交谈直至深夜。两人因此而成为至交好友，并时常一起切磋绘画艺术。因沈周年长曹爽数月，故以兄长相称。此后数十年，曹爽虽辗转各地为官，乃至最后告老还乡，亦是鸿雁传书，从未中断与沈周的交往。此番曹爽沿大运河从杭州返回北地幽州，途经苏州，特意前来探望好友沈周，但并不知晓其身患重疾。

“石田兄，你我均已至耄耋之年，可要保重身体啊！”曹爽在仁和堂坐定，喝过一杯茶，见老友沈周身形消瘦，脸色蜡黄，举止颇为迟缓，不无担心地说道。沈周手拄藤杖，无力地斜靠在太师椅里，侧过脸想要说话。可还没等他开口，一旁的沈老夫人便把自当年入秋以来沈周患病的情形一五一十地告知了对方。这当儿，那只与主人形影不离的大白猫，又从地上跳到沈周怀里，呜呜地轻声哼唧着，像是在给主人以安慰。

“嗨，曹大人哪，顺从天意吧！”良久，沈周的长白须微微抖动了一下，幽幽地说。然后又牵动了下身子，想亲自给曹爽添茶续水。侍立于旁的丫环见状，立马走过来给续上。曹爽转过脸，示意跟随而来的家仆取出几幅自己的山水画作，递到沈周跟前，展开，道：“石田兄，此乃新近涂鸦之作，请多多指教！”沈周仔细审视了片刻，抬头赞叹道：“曹大人胸藏丘壑，心置湖海，故而笔下山水形神兼备，真乃大气象也！”

当晚，两位久未谋面的老友相谈甚欢。第二天午后，沈周于阳澄湖畔与曹爽挥袂而别。

半月之后，这位吴门画派之开山宗师，终于一病不起，于阳澄湖畔溘然长逝，享年八十三岁。陪伴他的，除了家人，还有那只他心爱的大白猫。

秋风悠起

头顶是深邃得几近虚无的蓝天，不见一丝纤云。阳光便从这了无遮挡的苍穹倾斜而下，将周遭远远近近的山林洇染得一派斑斓。面前是沧茫的三万六千顷太湖水域，微风过处，掀起一波波轻浪，冲刷着脚下的巉石，发出阵阵喧响，一如这深秋的絮语，于恬淡平和中透出些许凉意。

时间定格在大明嘉靖元年（1522），一个深秋的午后。

七十三岁的王鏊，曾经的三朝元老、内阁大学士，此刻正独自伫立于太湖西南边的梁家山山头上。一头花白的长发被梳成一个雪球似的发髻，绾于脑后；凌乱的长须恰如湖边的芦花，在秋风中抖动着。午后的阳光有点儿刺眼，他便一手拄着藤杖，另一手徐徐举起，在眉心搭起凉棚，眯起双眼，眺望着湖面上缓缓移动的帆影，仿佛期待着其中一叶能飘移停泊到自己脚下的那个码头边。

就这样独自站立了不到半个时辰的光景，他感觉有点儿累了，便转过身，双手拄着藤杖，佝偻着脊背，一步步向山坞里的那片墓地走去了。

那是一片硕大的山坞，三面环山，面朝西南，地势平缓。山坞里松柏参天，翠竹萧萧，透出一派肃穆的气氛。王鏊步履蹒跚地走进山坞，终于气喘吁吁地在一方青山石几前坐定。石几的后面便是王家的墓地，自己的父母辈与列祖列宗都长眠于此。墓地是去年秋天才整修的，如今在秋阳的朗照下，更显得宁静安详不失生机。也许是身体每况愈下的缘故吧，这些年王鏊总会有意无意地将一些事进行事先安排，譬如这墓地。其实早在十多年前，家人尤其是他的那两个儿子，便多次修书到京城，说自家墓地因年久失修而早已破败不堪，欲予以整修。但因为顾及到自己在朝中虽位高权重却屡遭诸如刘瑾之类小人陷害的处境，小心起见，他都未答应。致仕返乡后的头些年，他更是不想贸然予以修葺。

记得十三年前的正德四年（1509），贵为少傅兼太子太傅、武英殿大学士的他，实在看不惯太监刘瑾专权，加之武宗昏聩，致使朝纲败圮，贪官污吏横行，民怨沸腾，心灰意冷之余，便想到了退隐。经历了接连三次上疏请辞之后，终于得到圣上恩准，于当年暮春时节致仕还乡。放下了权力，便等于把脖子伸到了别人的刀下。当时的刘瑾一心想置自己于死地，便抓住他请求告老还乡时，顺口向皇上要求西太湖养养金鱼的所谓“把柄”，趁机诬陷，说：“小小太湖连三州（苏州、常州、湖州），团团围困八百里。他湖中养鱼是假，屯兵造反是真。”幸亏武宗虽昏聩荒淫，但最终没有听信谗言，他才得以保住了这颗项上人头。于是乎，这乡居十多年以来，他始终以村夫野老的面目呈现于世人面前，除了与一班吴中士子行游山水、吟诗作赋之外，基本上都过着闭门读书的生活，偶尔也会与村民们一起上山砍砍柴，下湖捕捕鱼。至于扩建宅第、整修祖坟之类大兴土木的事，他是连想都不敢想的，以免刘瑾这帮小人又给他网罗些什么莫须有的罪名。

前年的深冬，刚过七旬的他竟然大病一场。低烧、盗汗、气喘，让他足足卧床两个多月。有几次，病魔甚至都将他拖至了死神的身边，致使他数度昏迷。当时，一种大限已至的不祥预感萦绕于他的心头，以致他每次醒来，都会断断续续地给伺候于病榻前的夫人与两个儿子交代后事。也就是在这段时间里，他终于下定决心，要将年久失修的祖坟予以整修，以给自己的先人有个交代。好在经过山外苏城祝允文、唐寅等一干门生的多方奔走，寻医问药，好不容易给他觅得了吴门名医葛郎中，精心诊疗调理；加之随着冬去春来时令转换，他的病体日见起色，渐渐康复，终于于去年仲春时节痊愈。

经历了这场大病，他仿佛一下子苍老了十岁；同时，也更清晰地意识到生命之脆弱，人生之短暂，自己当珍惜当下的每年每月每天，尽应尽之责，享人间温情。于是，他便于去年秋天整修了祖坟。此外，他还密集接待了吴中四士子文徵明、徐祯卿、祝允明、唐寅等人的探访。今天，他站在湖边山头上所等待的，便是抱病前来探访自己的门生唐寅。

天色渐晚，山头的风一阵紧似一阵地渐渐大了起来。这忽起的秋风，不禁让王鏊感觉到了丝丝凉意。

“老爷，老夫人请你回去呢！”不知什么时候，夫人的贴身丫环站在了他身边。王鏊抬头望着丫环，露出几分惊讶的神色。

“是城里的唐先生来了。”丫环补充道。王鏊的脸上显出了一丝不易察觉的喜悦，随即欠了欠身子，意欲站起身来。丫环麻利地顺手把他扶了起来。而他，仿佛是为了证明什么似的，竟然轻轻甩开了丫环的手，拎了拎身子，直了直腰板，定定神，便拄着藤杖，离开墓地，离开山头，亦步亦趋地徐徐向山下走去了，一边踯躅着，一边心里直犯嘀咕：这个唐伯虎，等了他老半天也不见半点儿人影，这会儿又是从哪儿冒出来的呢？一旁的丫环则忽左忽右忽前忽后地紧随着，仿佛时刻担心他会跌倒似的。

不到一开茶的工夫，王鏊便来到了山下位于陆巷东首的自己宅第的门口。他站在大门口的一对石狮中间，颇有点儿气喘吁吁，额头还涔涔地冒出了一层细屑的汗珠，脚边的藤杖也似乎颤颤巍巍地抖着，整个人仿佛一堵随时将要倒塌的墙体。老管家见状，带着两个家丁，赶忙从门内迎了出来，把他搀扶了进去。

“老爷，你还是先回房歇息会儿吧？”穿过两进院落，老管家见王鏊实在疲乏体虚，便建议道。不料王鏊边喘气边朝他摆手，并举起藤杖向客厅方向指指。老管家无奈，只得搀着他径直朝客厅走去。刚跨进第三进院落，只见唐寅早就站在大厅门口的石阶前了。见到王鏊，急忙下了台阶，迎上前来，双手作揖，道：“恩公，别来无恙呀？”

王鏊仔细端详着眼前这位自己心心念念的爱徒：脸色苍白，了无血色，本就不高的身材此刻显得更加瘦削了；但精神似乎还不错。便动情地说：“伯虎呀，你总算来啦！”唐寅尽管自己也是抱恙在身，但见到大病初愈的恩师竟如此虚弱，不禁悲从中来：“恩公快去歇息吧！”说着就上前一步，跟老管家一起搀扶着王鏊径直进入客厅分宾主坐定。

老夫人亲自在荸荠色红木座椅里给王鏊铺好坐垫，又将亲手熬制的红枣枸杞黄芪汤送至他手上：“济之，快把它趁热喝了吧。”说罢，便静静站在一旁看着他慢慢喝下。而后，命丫环请出了唐寅特意从苏城带来给王鏊复诊的吴门名医葛郎中。一番寒暄过后，葛郎中给王鏊号了脉，仔细察看了他的脸色，又详细询问了其近期的饮食起居与身体感受。最后，葛郎中朝老夫人点点头，随即紧随着她径直进西厢房开方子去了。而这边的丫环也眼疾手快，立马换上茶水，分别送至王鏊与唐寅面前，然后悄悄地退出厅堂。

此刻，偌大的客厅里只剩下王鏊与唐寅两个人。望着眼前这位爱徒，王鏊的思绪不禁回到了二十三年之前。

那是弘治十二年（1499）的春天。那天傍晚，时为翰林院侍读学士的王鏊正在京城家宅的书房内潜心读书。骤然间屋外狂风大作，透过窗棂，外面的树枝在昏黄弥漫的暮色中乱飞，落地长窗也被摇得瑟楞楞地作响，整个屋子仿佛都在抖动着；不一会儿，便响起了一片哗啦啦密集的雨声。就在这时，吱呀一声，书房门被推开了，夫人脸色凝重地亲自将一封书信送至他面前，说是就在刚才，有一位年轻的苏州同乡士子，差遣其贴身童仆，将这封紧急求救信特意送来的。惊讶疑惑之余，王鏊不敢怠慢，立马放下手中的书卷，就着昏暗的灯光拆封阅览了起来。

原来，这年春上，他的小同乡唐寅偕同江阴士子徐经同船赴京城参加会试，据说徐经因贿赂主考官程敏政家童，事先得到了试题，后被人告发进了天牢。唐寅也因此被牵连，以同案犯获罪，也被投进了大牢。唐寅颇感冤屈，试图找关系托人为自己申冤，思之再三，想到了同乡长辈王鏊，便抱着试试看的心态，于狱中修书一封，乘贴身侍童探监之际，悄悄嘱咐其亲自呈送至王鏊家宅。对于这位小同乡，王鏊其实早有耳闻，少年英才，诗书画俱佳，在家乡苏城，可是位家喻户晓的人物呢！王鏊相信，就凭其如此才情，他是绝对不会伙同徐经干此苟且之事的。可现如今，这位性情孤高的少年英才，居然罹此不白之冤，让他情何以堪哪！再看看手头的书信，字字含冤，行行哀告。于是，王鏊当即决定，一定要尽自己所能营救他！怎奈自己官阶低微，仅凭一己之力是绝无成功可能的。这时，王鏊忽然想到了同朝为官的同乡、吏部左侍郎吴宽，并即刻修书一封，当晚送至吴宽府上，恳求一起设法营救唐寅。不久，在自己与吴宽，以及吏部侍郎梁储、礼部尚书倪岳等人合力帮助下，唐寅终于被释放，“黜充吏役”，贬赴浙藩，并于一年后回到故乡苏州。

正所谓患难见真情。也许是为了报答这番关爱之恩吧，此后，每逢王鏊返乡省亲，唐寅总会特意赶到洞庭东山探望并陪伴。因为在他的心目中，这位年长自己足足二十岁的恩人，简直就是知心兄长、再生父母了！而事实上，王鏊也早已将唐寅视为自己的门下弟子了。弘治十七年（1504）初夏，身为吏部右侍郎的王鏊因丧母丁忧返回故里。此时，苏州知府正准备编修《姑苏志》，力邀守孝在家的他担任主编。受聘后，为静心编撰，王鏊干脆居住于苏州城内，并邀请唐寅、祝允文、文徵明等一干吴门才子共同参与。长达一年多的时光里，王鏊在苏州府衙与他们朝夕相处，翻阅史书，探讨史料，研究书画，间或也谈论时事，品评人物，甚是自在惬意。

那个深秋的傍晚，王鏊于苏州府衙的文山书房阅览完毕《姑苏志》初稿，感觉头晕目眩，便站起身来，举起双手伸了个懒腰，走到朝南的琐窗前，望着窗外暮色苍茫中那一院色彩斑斓的草树，听到晚风中那萧萧作响的竹喧声，幽幽地说："秋风悠起，橙黄橘红，鱼肥虾白。"一旁的唐寅听罢，先是心头一愣，继而便是若有所悟地会心一笑。第三天一早，唐寅便雇一叶扁舟，载着恩师王鏊，从石湖湾码头出发，飘飘荡荡地向洞庭西山林屋洞而去。秋日的太湖水面一片风平浪静，湖面上黛山含翠，近者簇拥，远者星散，全都悠悠地荡漾在一望无际的沧茫湖水中。水面上鸥鸟低翔，有嘎嘎的鸣叫声阵阵传来。秋捕的船儿来往穿梭，忙碌的渔民们或将一张张银色的渔网从舱中奋力向湖面抛去，或侧着船身将一网网活蹦乱跳的鱼儿拖进舱内。王鏊伫立船头，望着这眼前一派生机勃勃的景象，颇觉心旷神怡，大半年来伏案修志的疲惫之感顿觉一扫而空。

不知什么时候，水面的风浪似乎大了起来。唐寅一边不时地咳嗽，一边走到船头将王鏊搀扶回篷舱内。"伯虎呀，从春上到现在，你都一直咳嗽着，可得找个郎中号号脉哪！"王鏊刚回船舱坐定，便侧过脸，关切地对爱徒道。见恩师如此关心自己，唐寅的心头掠过一丝温暖，便长叹一声，如实相告道："恩公，好不了了，我这是肺痨。葛郎中一直给我调理着，可断不了根哪！"说着，像是刻意躲避什么似的，侧过脸，目光在船舱外的深秋湖面上漫无目的地驰骋。王鏊也一时无话可说，只是伸手轻轻拍了拍爱徒的肩膀。

一个时辰过后，他们师徒两人便在石公山上了岸；步行不多时，就到达了林屋洞口。师徒俩便一头扎进了洞中，饶有兴致地游玩了起来。出得洞来，王鏊意犹未尽，取出随身携带的笔墨，在洞口的崖壁上泼墨写下了“林屋洞”三个大字。也许是为了应和恩师，返城当晚，唐寅也连夜画就了《林屋洞》图轴一卷，以资纪念。

王鏊知道，打从自己致仕返归故里这十几年以来，每到春秋季节，唐寅之所以频繁前来探访，一则是为了切磋诗文，二则实在是不放心自己这日见衰弱的病体哪！尽管他的身体状况其实也让人担忧。这份温情，着实让自己感动无比。而此次大病以来，自己的这位爱徒更是拖着病体，竭尽全力四处奔走，寻医问药。昨天收到爱徒的书信说，他本应中午就抵达码头的；见他迟迟未到，自己才于午后特地前往梁家山头迎候。

“伯虎呀，这卷《震泽长语》我已正式编定了，麻烦你带去城里影印馆付梓吧。”王鏊取过案头事先准备好的文稿，递给唐寅。唐寅半站起身子，双手接过，又坐下静静翻阅了好一会儿，然后抬起头，望着恩师蜡黄的面容，十分郑重地答应道：“恩公放心，学生一定尽早办妥此事！”王鏊像是终于了却了一桩夙愿似的，笑眯眯地冲着自己的爱徒点了点头。

“济之，葛郎中的方子给你开好了，你过目下吧？”不知什么时候，老夫人来到了王鏊跟前。王鏊朝她摆摆手，吩咐道：“你请葛郎中去客房歇息吧，我与伯虎去下书房呢！”说着便站起身来，由唐寅搀扶着向书房走去了。

到得书房，唐寅在安排恩师坐定的当儿，低声征询道："恩公，可否允许学生给您献丑涂鸦一幅字？"王鏊不假思索地微微点了点头。唐寅便径直走到恩师的案几前，铺展宣纸，挥动狼毫长笔，一气呵成，泼墨写下了一幅大字：天下文章第一，山中宰相无双。写毕，正欲转身离开，却见恩师已拄着藤杖，好奇地站在他身边，正引颈看着呢！于是，师徒俩会心一笑，转过身，一起凝望着西窗外那一望无际的太湖水面。

窗外，暮色苍茫，秋风正起。

那一面杏黄色的布幌店招

苏州城西。大运河畔，铁岭关下，何山桥堍。

大街上车水马龙，汽笛喧嚣。街道两旁高楼参差，店铺林立。琳琅满目的现代化店招下，游客、顾客出出进进，川流不息。只有一家的店招特别地扎眼：一面杏黄色的布幌，被一根孩子脚腕般粗细的油黑圆木高高举起，斜插在门楣上，足有一层楼高。上面写有四个黑色的隶体大字：周氏箍桶。

布幌下，两扇斑驳的老木门撑起一个狭窄的门面。此刻，木门洞开，朝里望去，黝黯黯的。门口的青砖场地上，摆满了刚刚打制而成的各种大大小小的木桶。有的上过油漆，光表鲜亮；有的还是毛坯，散发着阵阵原木固有的香味。在门口站了一会儿，定了定神，方才看见屋子正中还架着一副狭长的木桌，上面随意摆放着刨刀、凿子、锯子之类的工具。一旁，还有一盒烟，一杯茶。木桌下，狼藉一地的是木花木屑。视野尽头，后门半开着。一阵穿堂风吹来，地上的木花木屑便纷纷扬扬地飘飞起来，发出瑟瑟的声响。

正值盛夏的午后。外面，骄阳流火似的炙烤着大地，马路对面高楼的幕墙玻璃上，有无数火苗似的光点燃烧着，仿佛一不小心便会瞬间窜过来似的。尽管靠西的一幢大楼投下的荫凉已替我遮挡住了当空的烈日，稍稍抚慰着我焦躁的心，但我还是感觉酷热难耐。

“屋里有人么？”我怯怯地喊了声。可半晌也不见动静。笃笃笃，我又重重地敲了几下大门，回答我的也只有空空的回音。

正踌躇为难间，忽然听到有一阵咚——咚——咚的脚踩木板楼梯的声响传来，声音自小而大，节奏不急不慢。不一会儿，便有一位白发老者站在我面前，中等个儿，稍显发福，皮肤白皙，双手捧着茶杯抚于胸前。

“您是——”

我极想问对方是不是主人周师傅，可总觉得这面目和长相与心目中预想的形象对不上号，便只得欲言又止了。

“我是周师傅的朋友，也姓周，隔壁苏州科技大学的。”对方大概见我疑惑，便主动介绍起来了。“周师傅给附近小区的客户修理木桶去了。他知道你要来，让我在这里替他看会儿店。这么热的天，你先进来坐会儿吧。”说着，便搬出一张小木凳，让我坐下。又十分热情地给我端来了一杯碧螺春绿茶，并递上他的名片。

一杯茶水下肚，几阵穿堂凉风吹过，我额头的汗水便渐渐退去了，心头的那份燥热也随之消弭而尽。我一看名片，不禁心头暗自一惊：原来对方不是一般的大学教授，还是一位研究中国民间工艺的专家哪！

周教授显然也是一位健谈的老者。他笑嘻嘻地给我解释说，他是七年前认识周师傅的。那时，他带着学生下乡调研，遍访苏州当地的老工匠老艺人。一个春天的傍晚，他和学生正准备在太湖边上的一个小山村乘车返城，忽然看见一位当地的老大爷正骑着辆黄鱼车从旁边经过，车上载着五六只大小各异的木桶。也许是出于好奇，也许是因为职业的敏感，周教授便主动上前搭讪。经过一番攀谈，方才了解到这老大爷与自己同姓，名叫周齐兴，是当地一位赫赫有名的箍桶匠，原先在家里制作木桶，可如今因为拆迁，老屋没有了，安居房尚未拿到，便只得租住在亲戚家。这天，他是载着原先家里的十几只木桶存货，窜村走巷去叫卖，想换几个零花钱的。

这场邂逅让周教授喜出望外，他看过周师傅那黄鱼车上的木桶后，便当即跟老人交换了电话号码，并承诺设法帮周师傅在他任职的苏州科技大学周边寻找个门面，让老人到城里继续做他的箍桶手艺。一周以后，周教授终于说服单位领导，兑现承诺，帮周师傅找到了现在这间产权属于科技大学的门面房，免费提供给他开箍桶作坊。作为交换条件，周师傅的作坊也成为了科技大学学生参观、实习与研究的场所。此后，周教授多方奔走，并联系有关政府部门，帮助周师傅将他的独门绝活——箍桶技艺成功申报为非物质文化遗产，还特地请自己的书法家朋友为周师傅书写了这面杏黄布幌店招。

从此以后，住在附近小区的周教授每天上下班，有事没事总会过来看看坐坐，与周师傅有一搭没一搭地攀谈一番，天长日久，两人成了好朋友。今天，周教授下午去单位上班，路过店门前，被周师傅叫住帮忙看了一会儿店。

“周教授，今天麻烦你了。没耽搁你上班时间吧？”

不知什么时候，周师傅已经站在了我们面前。我赶紧站起身，与老人打招呼。这是一位饱经风霜的老人，身材高大，皮肤黝黑，满脸皱纹。如果扔在人堆里，一定是芸芸众生中普通得不能再普通的一个人，你绝对不会将他与非遗传承人这样的头衔联系在一起。我紧紧握住他的双手，真诚而殷勤地说：“周师傅，久仰您的大名，很高兴认识你！”可他却只是木讷而憨厚地笑了笑，并没有回答我什么。那模样，让人感觉他就像这家店铺，以及店面前那些刚出坯的木桶，质朴，自然，毫无矫饰之气。

周师傅也很热情地招呼我坐下，并给我续上茶水。我掏出特意准备的中华香烟，想给他点上。可他却一个劲儿地摆手，怎么也不肯接，说：“哪有上门请客的道理呀？”然后便掏出他自己的烟递给我，给我点上，也给他自己点上。正说话的当儿，那周教授朝我们两个摆摆手，笑眯眯地离开了。

周师傅咂巴咂巴吸了几口烟，又端起茶杯喝了两口茶，便和我攀谈了起来。他说他今年七十四岁，1945 年初夏出生于当时的枫桥乡建林大队花山生产小队。打从十四岁拜师学习箍桶技艺算起，至今已有整整六十个年头了。他的父亲也是一位手艺人，从事石匠行当。可因为敲打石头刻字雕花粉尘飞扬，经年累月大量粉尘呼吸入肺得了矽肺病，他的父亲说什么也不愿让他这个儿子子承父业继续当石匠了。于是，他便师从隔壁金山浜乡的圆木老艺人柳权生师傅，学起了箍桶手艺。柳师傅在当地可是响当当的老师傅，于金山浜镇开着一家三开间门面的箍桶店，前店后坊，带着四五个徒弟，生意做得红红火火。而他是柳师傅所有徒弟中最小的一个，可因为天资聪颖又刻苦好学，很快在众徒弟中脱颖而出，引起了师傅的特别关注。于是师傅从开木片木条，到刨木花凿木榫，再到拼接木桶箍，一样样手把手地教。他则凭着自己活络的脑筋与灵巧的双手一样样地学。他说师傅当时对他特别严格。有一次，因为凿凹榫时尺寸稍微偏大了一些，两块木板拼接时没有做到严丝合缝，师傅硬是让他晚饭后开夜工，在店里连续打凿了五六块木板的凹榫，直到每块都完全符合尺寸要求方才作罢。

按照当时学手艺的规矩，徒弟拜师学艺一般都要三年出师，然后另立门户，独自开店。可他却只在师傅那儿学了两年便提前出师了。从此，他回到枫桥乡，在当时的白马涧小镇上也开了家箍桶店。为了表示对自己师傅的尊重，他的店面只有两间门面，也是前店后坊的。因为手艺精湛，加上为人和善守信，不到一年工夫，他的箍桶店生意也是红红火火的，订单应接不暇。

周师傅忆及往事，浑浊昏黄的眼睛顿时闪出了亮色，黝黑沧桑的脸上也舒展出难得的霜菊般的笑意。他掐灭了手头的烟蒂，继续说道，当时在白马涧镇上的箍桶店共有三家，一开始，几乎每一家店铺都是生意兴隆。因为木桶是每家每户生活的必需品，需求量特别大。譬如，盛饭要饭桶，去河里挑水要水桶，到井里取水要吊桶；每天晚上洗脚要脚桶，洗衣服要洗衣桶，洗澡要浴桶；还有日常生活必不可少的马桶、给庄稼担粪施肥用的粪桶，等等。如果赶上哪户人家要嫁女，那就要一双木盘，一大一小两个子孙桶，还有婴儿的困桶与幼儿的立桶之类的。上好的木桶，原材料必须是水杉木，它木质柔软有韧性，更主要的是耐湿不易腐烂，经久耐用。制作过程也是极其讲究的，所有木板的拼接依靠的是木榫，不会见到一枚铁钉，哪怕是竹钉也不行，因为前者沾水易生锈，后者脆而易折，影响木桶的使用寿命。木桶出坯后，选择桶箍是十分重要的，最好的是铜箍，不易氧化和生锈；其次是白铁箍，虽易氧化却不会生锈，最差的便是一般的铁箍，容易生锈和折断，使用寿命短。最后一道工序便是给木桶上漆了。首先需要选择纯度高的桐油，拣干燥的天气，给木桶上一遍底色，以便木桶充分吸收油脂成分；两天过后，上第二遍，这仿佛是给木桶穿上了件质地考究的内衣，讲究的是漆刷匀称；再过几天，再上第三道油漆，这时要求漆刷时把握好厚度与亮度，好比是给木桶穿上了一件防雨衣。

这时，门口来了几位本地的老伯，说是慕名前来的，想每人挑选一个合适的洗脚桶。周师傅赶忙站起身，到门口去招呼他们。一番挑挑拣拣与讨价还价之后，便各自提着称心的木桶离去了。

周师傅回到屋里，见我俩杯中的茶水都快见底了，便又各自续上一杯。他说，在白马涧开箍桶店的那段岁月，是他一生中最为辉煌的时光。后来，不知怎么的，另外两家箍桶店的生意居然日渐冷清了，到最后都陆续关门歇了业。于是，他店里的生意便更加忙碌了，甚至到了要经常开夜工赶生意的地步。为了应付生意，不到三十的他便开始招收徒弟打下手。他的第一个徒弟是妻舅的儿子。和年轻时的他一样，这位徒弟十分聪慧，一教就会；再加上吃苦耐劳，不到一年工夫，已经可以独立制作一些结构简单的木桶了。等到了第二年，周师傅便让他提前满师，回家开了家小型箍桶店。这一来是出于师傅对徒弟的信任，二来也是看在自家亲戚的分儿上，好让徒弟早日挣钱贴补家用，分担其父母养家糊口的负担。周师傅收的第二位徒弟是一位同村的陆姓小伙子。小伙子辍学在家，整天无所事事，于是周师傅便将他带进店里干些搬木头、打扫木花木屑之类的杂活。时间久了，耳濡目染的，小伙子居然无师自通起来。一日，周师傅外出进木料，他看见店里有几根已经画了长短尺寸的原木还没有锯开，便自作主张地花了半天工夫给锯了。傍晚，周师傅回到店里见此情景，惊讶之余，感觉这小伙子极有天赋，从此便正式收他为徒。

周师傅的箍桶生意依旧兴隆。他手艺高，箍桶从不像原先白马涧小镇上的另外两家店那样偷工减料或以次充好，加上价钱上也不跟人过分计较，好名声便渐渐传扬开来，在整个枫桥乃至附近的藏书、光复、金山浜等地成了赫赫有名的箍桶手艺名人。那年春节，他去藏书的一个远房亲戚家吃新年酒，不料酒桌上有位素不相识的当地汉子好说歹说地非要将自己的儿子塞给他当徒弟。周师傅起先很是为难，因为以当时全靠两腿丈量道路的交通条件，从藏书到枫桥至少也要大半天的路程，他店里又没有可供住宿的地方，收这么个路远迢迢的徒弟，实在不合适！可后来还是禁不住对方的软磨硬泡，加上边上还有那位远房亲戚说好话竭力撮合，周师傅总算勉强答应了。于是，这位与自己当年师傅同姓的柳姓后生，便正式成为周师傅的第三位徒弟，也是关门徒弟了。

不知不觉中，外面的日头已经偏西。周师傅看看墙上的时钟，站起身，无限感慨地对我说：“嗨，现如今这些都已经成为过去了。我也年纪大了，再过几年，怕是没力气干这行当了！”说着，眉宇间透出几分伤感。

“可是你还有那三个徒弟呀！”也许是出于安慰，我对他说。

“他们早就改行挖树去了。”老人幽幽地说，“这些年，城市急速发展，原先的农村都变成了大马路、工厂与居民区。农民都成了居民，用的是自来水，也不用种地了。再说塑料桶、铅皮桶到处都是，原来那些个各色各样的木桶也无人问津了，我这生意自然也就清淡冷落了。别说我那三个徒弟，即使是像我这样上了年纪的箍桶匠，也都不做了。”说着这些话，老人的言语间满是伤感与无奈。

“现在你这儿的生意还不错吧？”我走到门口，见老人正在将摆放于门前的木桶一一归整进屋里，便问了一句。

“马马虎虎吧。”老人抬起头看着我说，“你都看见了，我现在制作的全是洗脚桶。如今城里人生活讲究了，时兴用木桶洗脚，说是养生。所以呢，我就根据他们的需求，专门定制各种尺寸的洗脚桶。有时候，附近的一些老客户的桶箍松动了，生锈了，我还负责上门免费修理。就这样，老客户带动新客户，陆陆续续地倒也每天都有些上门生意。并且感觉这两年还越来越好呢！”

听罢老人的这番话，我不禁感慨万千。是呀，任何一个行当，技艺固然重要；但真正使其赢得社会认可与他人尊重的，还是从业者的德性与德行。周师傅不正是如此么？

临别时，我问老人有什么心愿。他说唯一的心愿就是希望自己的这个行当能后继有人。如果有可能，他是真心希望在有生之年，还能收个徒弟，能把自己的这身箍桶手艺传承下去!

上得返程的车子，目送着老人回家时踟蹰的背影，回望夏日晚风中那面招展着的杏黄色布幌店招，我的心头涌起一片暮色般苍茫的波澜。

一位工艺美术大师与一幅缂丝名画的诞生

那个深秋的傍晚，陆美英独自来到太湖边蟠螭山下的永慧寺前。

陆美英款款地静坐于寺前小广场边的一张石桌前。头顶是深邃得几近虚无的天空，不见一丝纤云；偶尔有几只鸟疾飞而过，发出清脆而嘹亮的嘎嘎声，将向晚的山野搅闹得格外空旷而宁静。身后层林尽染，浆果飘香，散发出一派风霜洗礼过后所特有的成熟气息。眼前，是一片浩渺无际的太湖水面。微风掠过水面，荡漾起万顷鳞波；清波轻吻岸石，喧响起汩汩细语，恰如一曲千回百转的小夜曲，直抵陆美英的心灵深处。

陆美英是这里的常客。这几十年来，每当遇到烦心事，或是面临重要抉择的时候，她总喜欢来这里走一走，坐一坐。而这里的山山水水与花木虫鸟，还有身边这座屹立于时光深处如智者一般的禅寺，也如同她亲密无间的伙伴，总能给她以宁静与慰藉，赐她以睿智与灵性，从而让她信心百倍地去从容应对生活与生命中的种种挑战与磨难，引领她走向人生的新高地。

今天，陆美英是为着一项缂丝工程，或者说是一件作品而来的。眼看着自己筹备已久的缂丝画《姑苏繁华图》马上就要正式开工了，量身定做的一台十九米门幅宽的缂丝机已经组装完毕，十八位技艺熟练的绣娘也已将画面中所涉及的人物扮相、街道房屋、河道津梁和山水田畴等内容，分门别类地反复操练了无数遍。可是，对于画面中的山水神韵、花鸟真趣，尽管自己对绣娘们反反复复地宣讲、不厌其烦地点拨，但还是出不了她理想中的效果。为此，她还特意组织绣娘们一起研究了宋代的花鸟画和吴门画派的山水画，但效果依然欠佳。怎么啦？莫非是绣娘们悟性不够高？这不可能呀！这十八个人，个个都是自己精挑细选的，技术与悟性绝对不会有问题。末了，陆美英觉得问题还是出在自己身上：是自己没将这山水花鸟的神韵与真趣精准地传递给她们，或者说是自己也没有真正明白这神韵与真趣的真谛之所在。看来，只有跳出这从临摹到临摹的框框，到自然山水中去领悟了！

其实，陆美英的创作灵感本就是来源于眼前的这片山水。陆美英清晰地记得，三年前，也是这样一个天朗气清的深秋的傍晚，她和自己的助手特地早早地离开位于光复镇上的工作室，驱车来到这个太湖边的半岛上，随便走走，散散心。她和助手沿着湖边的蜿蜒山道，漫无目的地走着，海阔天空地聊着；不知不觉中，竟然来到了永慧寺门前。本就不怎么热闹的永慧禅寺此刻人去寺空，山门紧闭，显得格外的安静。虽说住持也是熟悉的朋友，但陆美英并不想去打扰佛门清静。于是便和助手就寺前的一张石桌坐了下来，尽情地欣赏着眼前的湖光山色。

“这里的山水，有没有点《姑苏繁华图》上的味道呢？”良久，陆美英幽幽地冒出了这么一句，像是在询问助手，又像是自言自语。

“唉，还真是别有一番画幅上的意趣呢！”没想到助手也是心有灵犀，随口应答道。

陆美英微微侧过稍见发福的身体，对助手会心一笑。于是，她与助手一起作出了一个重要决定：要用手中的木梭，将清朝乾隆年间的同乡人、宫廷画师徐扬的名画《姑苏繁华图》，以缂丝画的形式再现于世。因为陆美英觉得，打从自己十七岁从事缂丝这项传统工艺以来，从来都是根据市场与客户的需求，批量制作着一些诸如仕女、花鸟、山石与仿古园林建筑之类题材的工艺品。这类工艺品讲究的是制作的精良，虽经济效益不错，但因题材单一，尺幅微小，让她感觉鲜有创意。她甚至觉得，长此以往，自己会褪变成一个不入流的缂丝工匠，而非一位具有创新与创造活力的缂丝工艺师。

诗鹤

真是不虚此行哪！也许今天的这一灵感，这个决定，将成为自己缂丝工艺生涯的一大转折点呢。离开的时候，陆美英对自己这样说道。

回到工作室，她立即设法购买了《姑苏繁华图》的高仿真画稿。此后的日子里，她将这幅名画随身携带，每天早中晚一遍又一遍地反复研读；有时甚至连吃饭时也置于桌前，睡觉也放于枕边。不到半年时间，她便对这幅名画中的山川城廓、街巷桥梁、寺院庙坛、衙署民居、舟楫码头，以及科考演艺、婚娶宴饮、田作渔罟、命相杂耍等等的苏州古城市井风貌了然于胸了。她甚至还能精准地报出整个画幅所画内容的数量：各色人物 1.2 万余人，各种房屋 2140 余栋，各种桥梁 50 余座，各类客货船只 400 余条，以及商号招牌 200 余块。

接着，陆美英便着手进行缂丝画创作的前期准备工作。首先是确定尺幅。因为缂丝画毕竟不同于水墨画。徐扬的原作尺幅长 1225 厘米，宽 35.8 厘米。为了精准地缂制，需按照缂丝常规经密每厘米 24 根的标准，将原画尺幅放大到长 1760 厘米，宽 48 厘米。其次是配色。徐扬的原画本就是一幅造诣很高难度极大的纸本设色水墨画，其颜色多达 300 多个，要以缂丝画的方式将它们全都精准地予以再现，其前期工作量无疑是十分繁重的。为此，陆美英组织团队成员先将现成的丝线按色系整理归类，然后对所缺的色系按需求一一订染，直至完全满足制作要求为止。再次便是表现手法的确定。徐扬的原画笔触细，块面小，层次丰富。如果采用传统明缂丝的表现手法，就会失去对画面精准度的控制，而且绸面的清洁度也很难得到保证。于是，陆美英大胆地采用了绘本缂丝的表现手法，将图纸丝毫不差地托于经面下方，从而达到了所缂花纹与原稿高度一致的效果。

本来，这持续了三年的一系列的准备工作开展得有条不紊，十分顺利；这让陆美英对创作这幅缂丝名画的信心也与日俱增。可哪承想眼看着到了马上就要正式动工的节骨眼上，问题却出现了。于是，陆美英又一次来到了这里。

“陆施主别来无恙啊！”身后忽然传来了一声熟悉的问候。陆美英回过头，但见永慧寺住持身披一袭金黄色袈裟，双手合十，已笑吟吟地站立于她面前了。住持年届八旬，须眉皆白，却精神矍铄。是陆美英的忘年之交。

陆美英赶紧站起身来，将双手拱于胸前，恭恭敬敬地弯腰还礼道：“哟，不知大师驾到，恕罪恕罪！”然后退至石桌一边，意欲给住持让座。

可老住持却并无就座的意思，只见他绕过石桌，沿着寺前的一条山道，拾级而上，健步径往蟠螭山顶走去。陆美英则默默地尾随其后。不一会儿，两人便来到了位于山顶的一座凉亭里。极目远眺，视野一侧，夕阳印染着的暮霭中，群山逶迤，势若走蛇腾龙，在苍茫如海的暮色中，或昂首，或潜游，它们迸溅而出的浪花，则定格成了四散于西天的彩霞。另一侧，是沧茫得不知尽头的太湖之水。近处，夕阳铺满水面，恍若一条金光大道；远处，帆影游弋，山岛静默。

置身于此情此景之中，陆美英深深地陶醉了！她似乎已经完全忘记了引领她来到此地的老住持的存在。好久好久，方才听到晚风中有洪钟般的声音传来：

天地万物，皆因山水而生。自古至今，人们感念山水之德，故而吟诵山水，描绘山水。而山水之美，关乎灵性；动静相宜，是为大美。

仿佛是被一阵山野的晚风吹醒了似的，陆美英浑身一个激灵，瞬间脑洞大开：是呀，这不正是自己所要的《姑苏繁华图》的山水神韵与真趣吗！

“多谢大师指点！”陆美英走到老住持身边，双手合十，深深地鞠躬致谢。“善哉善哉！”老住持依然笑吟吟的，一脸的慈眉善目。

其实，陆美英与老住持的交往始于二十世纪九十年代中期。那时的陆美英是光复镇乃至整个吴中地区响当当的缂丝界名人与乡镇企业明星，她所创办的缂丝工艺美术公司，产品外销至日本、韩国等地，员工五百多人，年产值达千万，是当地数一数二的纳税大户。因此，上至当地政府要员，下至家庭主妇，无人不知，无人不晓。陆美英虽说出生成长于农村，但因其长相俊美，加之长期从事工艺美术行当，所接触的都是商界精英，所交往的均为政府官员，其言谈举止、个人修为十分高雅。如今事业又顺风顺水、蒸蒸日上，她自然也就春风得意。但婚姻的变故，家庭生活的不幸，却让她的内心深处时时隐隐作痛，尤其是每当她遇到工作中的困难与生活中的烦恼时，更让她感觉孤苦无依。于是，作为一个普通女子，进庙上香便成为她寻求精神寄托的一种方式。

一开始，陆美英和众人一样，是每逢农历初一与月半，或者菩萨诞辰日与双休日的上午来永慧寺上香的。可渐渐地她发现，这些个时段实在是拥挤不堪。后来，她便专门挑山门相对清静的工作日进寺祈愿了，无论春夏秋冬，每月一次，风雨无阻，权当是定期给自己疲惫不堪的心灵放个假吧。那年一个暮春日的上午，陆美英照例仪态端庄地缓步跨入永慧寺大雄宝殿内，点烛上香，磕首跪拜。然后，双手合十置于胸前，长跪于观音菩萨像前的蒲团上，默默地祷告着，仿佛有满腔心事要对菩萨诉说。此时，年届六旬的住持从后院至前殿巡视，打从大雄宝殿前经过，看见了陆美英；待他半个时辰后返回时，居然发现她依然长跪未起。住持心生诧异，便移步至殿内。

“阿弥陀佛！女施主何以如此虔诚？”住持于佛像一侧朗声招呼道。

陆美英颇有点儿猝不及防，急忙站起身来，双颊泛起红晕，低眉垂眼地施礼道：“小女子见过大师。”陆美英的祖母是一位虔诚的佛教徒，她从小跟随祖母出入永慧寺，因此凭直觉便知晓眼前站着的定然是一位得道的高僧。

“人生起落，自有定数；因缘天定，何需苦求？”住持仿佛一下子便看透了陆美英的心思，微露笑意地劝谕道。

“多谢大师指点！”陆美英带着几分少妇惯有的羞怯与被人透视心房的惶恐，还礼之后，徐徐退出大殿，逃也似的离开了永慧寺庙。尽管住持那高深莫测的话语让她半懂不懂的如在云里雾里，但此后她每次进寺祈愿几乎都会遇见这位住持，两人一来二往，便渐渐熟识了起来，终于成了忘年之交。

此后，陆美英的工艺美术公司因亚洲金融危机的爆发，与内部管理的不善而一度濒临倒闭。而作为企业法人代表的她，也因必须为手下财务人员偷漏税行为负责而遭受了五年的牢狱之灾。这一切，似乎都应验了住持的预言。经历了这番人生的劫难，陆美英一度心灰意冷，欲放弃自己所钟爱并从事了大半辈子的缂丝工艺事业。此时，是这位永慧寺的老住持给她指点迷津，使她重新扬起了人生的风帆。于是，陆美英重新注册了自己的“兰亭缂丝艺术设计制作中心”，并将传承与弘扬缂丝工艺为己任，融合中国传统文化中书法、绘画等元素，力求使自己的作品推陈出新，自成一家。

如今，值此创作遭遇挫折之际，陆美英再一次得到了老住持的指点，顿觉豁然开朗。她告别了阅尽人间沧桑的老住持，告别了这座伫立于岁月深处的永慧寺，告别了这片虽经凄风苦雨洗礼却依然生机勃勃的太湖山水，迈着轻快的脚步下了山……

两年以后，缂丝名画《姑苏繁华图》终于问世，一时间轰动业界，人们争相一睹其芳容。同时，它也成为陆美英从业生涯的里程碑，使她终于跻身于缂丝工艺美术大师之列，并成为缂丝工艺非遗传承人。